家有濕疹小兒

文：謝梓華醫生

圖：Yan Lee

我要斷尾！

想知道可不可以？買回家慢慢看，謝謝！

序

近年遇到的不少小兒濕疹嚴重個案，因為誤解、對藥物的恐懼、治療方向不正確，很多孩子、患者及家庭過着不必要的慘痛日子。

從資料蒐集到編寫，用兩年時間完成《家有小兒濕疹》一書，當中有二百六十多個醫學期刊報告和參考資料作依據，確保書內資料最近期的正確性，方便醫護讀者交流，亦希望書內漫畫插圖，能令大家有深入淺出的理解。

第三部份的 14 個分享故事，帶出處理小兒濕疹時的不同重點。

希望有需要的人，能在書中找到輕鬆面對小兒濕疹的方法，享受健康生活。

在這裏要特別感謝韓錦倫教授、羅乃萱女士、馮惠君醫生在過程中的寶貴建議，令本書內容生色不少；而栢立醫學化驗所能為本書提供本港過敏數據，謹此誠心致謝。

最後，感激家人給我的支持、體諒、喜樂和歡欣。

目錄

基礎篇

皮膚的結構與功用 10

濕疹種類 14

小兒濕疹定義 18

冒牌濕疹 25

小兒濕疹全球分佈 27

濕疹的風險因素 30

衛生假設學說 31

濕疹病因及病理 37

表面康復不代表沒有問題 47

小兒濕疹嚴重指數評估 49

小兒濕疹發展進程 52

發展階段 53

為何那麼痕癢？ 56

致癢和治癢 67

如何搔痕搔癢 70

生活的影響 72

小兒濕疹併發症 80

過敏演進：Atopic March 的現象 83

內因／外因 (Extrinsic / Intrinsic) 小兒濕疹 86

敏感測試 88

皮膚針刺測試（Skin Prick Test）............... 89

特定致敏源 IgE 抗體血液檢測（Allergen-specific IgE blood test）.. 94

貼膚測試（Patch Test）............................ 102

汗液敏感（Sweat allergy）....................... 105

預防勝於治療 106

　「謬論」和「心魔」............................... 110

治療篇

活得好一點 116

問、望、切、聞 118

診症後的教育與輔導 124

如何清潔 128

保濕潤膚 130

保濕成份 134

保濕潤膚用品 Aqueous Cream B.P. 與 Emulsifying Ointment ... 136

如何選擇保濕潤膚品 143

天然、有機、無加添？............................ 146

外用類固醇藥膏 149

外用類固醇強弱分類 153

外用類固醇應用部位 157

混合型外用類固醇藥物 162

外用類固醇副作用的發生及處理 165

外用鈣調磷酸酶抑制劑（TCI） 169

TCI 黑盒警告（Black box warning） 176

口服抗組織胺（Antihistamine） 182

內用類固醇（口服或針劑） 186

經常使用內用類固醇的潛在風險 187

主動性預防治療（Proactive Treatment） 189

減低皮膚細菌（金黃葡萄菌）、真菌數量（汗癬真菌） .. 192

避開致敏源 194

化學類致敏源 197

治療感染併發症 199

定期檢視治療進度 202

非主流療法 204

傳統中醫藥治療 206

自然療法（Homeopathy） 211

第二線治療（Second line therapy） 213

濕敷治療（Wet Wrap Therapy） 214

脫敏治療（Allergy immunotherapy） 219

紫外線治療 223

口服調節免疫系統藥物〔Systemic Immunomodulation Therapy〕... 227

懷孕期的安全皮膚藥物 234

其他的研發中藥物 239

流程回顧 240

故事分享

患者 / 家人──十四個故事分享 242

結語
結語 285

皮膚的結構與功用

皮層器官及細胞種類

首先為大家展示皮膚的正常組織及細胞種類

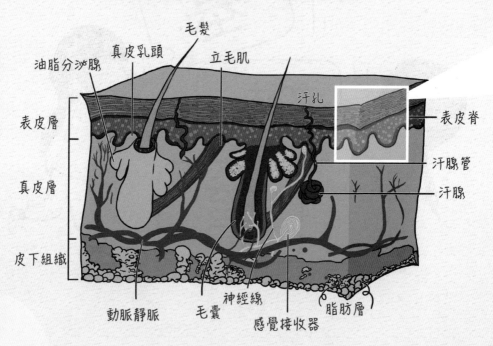

- 油脂分沙腺
- 真皮乳頭
- 毛髮
- 立毛肌
- 汗孔
- 表皮層
- 真皮層
- 皮下組織
- 表皮脊
- 汗腺管
- 汗腺
- 動脈靜脈
- 毛囊
- 神經線
- 感覺接收器
- 脂肪層

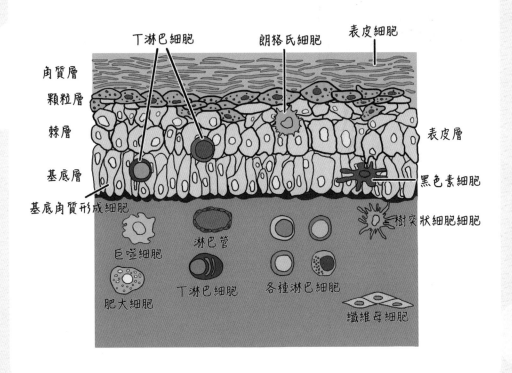

T淋巴細胞　　　朗格氏細胞　　　表皮細胞

角質層
顆粒層
棘層
基底層

基底角質形成細胞

表皮層

黑色素細胞

樹突狀細胞細胞

巨噬細胞　　　淋巴管

肥大細胞　　　T淋巴細胞　　　各種淋巴細胞

纖維母細胞

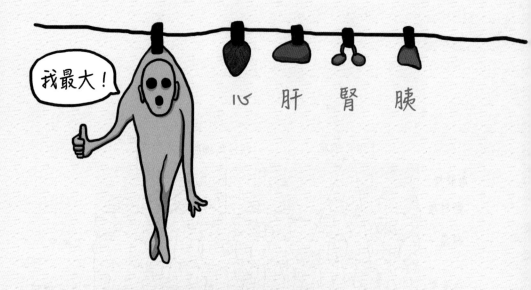

心　肝　腎　胰

皮膚的功用

皮膚是我們臭皮囊的最外層，是我們的出生套裝，除了讓你有面目見人，它還有很多工作做，是 24 小時不停地做，而皮膚更是我們身體最大的器官。

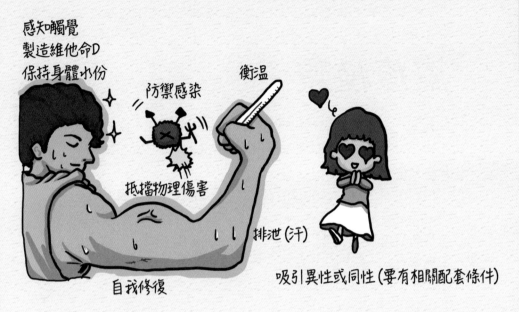

感知觸覺
製造維他命D
保持身體水份

防禦感染

衡溫

抵擋物理傷害

排泄(汗)

自我修復

吸引異性或同性(要有相關配套條件)

所以皮膚是長期處於一個動態的外界刺激加內在修護的對衡狀況，任何變化都可以有不同的問題發生：暗瘡、癬疥癩、濕疹、敏感，諸如此類。

皮膚健康不是必然的！

- 皮膚是一個很重要及身體最大的多功能器官
- 有問題的話需要每天好好照料、保養、預防。

濕疹種類

請注意，本書只會講解一種皮膚問題：小兒濕疹。醫學上稱為「異位性皮炎」（Atopic Dermatitis），但不是只有兒童獨有。

大家不要看輕這個問題，最好是全家都要學習幫助患者怎樣面對處理，千萬不要歧視，或將所有責任放在一位照顧者身上，否則情緒壓力（不是濕疹）很容易爆發或崩潰。

「濕疹」這個名稱或斷症比較籠統，有時又叫「XX皮膚炎」，其實有很多種，種種不同，成因各異。不要被醫生說你（或孩子）有濕疹便被嚇到！

可以喚作濕疹的皮膚問題 [1]

刺激性皮膚炎（Irritation dermatitis）

盤狀濕疹或金錢癬（Discoid Dermatitis）

神經性皮膚炎（Neurodermatitis）

鬱滯性皮膚炎（Stasis/Gravitational dermatitis）

人為性皮膚炎（Dermatitis artefacta）

皮脂缺乏性濕疹（Asteatotic dermatitis）

接觸性皮膚炎（Contact dermatitis）

脂性溢性皮膚炎（Seborrhoeic dermatitis）

汗疱疹（Pompholyx）

百多二百年前，西方醫生普遍認為小兒濕疹出水是為了將身體內有害物質排走，不應阻止治療（其實當時不知道怎樣醫治），後來發覺實在錯得離譜。直至近半個世紀，才有較全面的理解和治療方向。[2]

簡單說，有小兒濕疹的人皮膚很容易乾燥龜裂（外觀差），以致容易受內外刺激引起痕癢（睡不安穩），繼而誘發多種過敏及感染（併發症）。

- 光是「濕疹」這個字眼意義不大
- 找出成因才是正道
- 濕疹 ≠ 小兒濕疹
- 小兒濕疹 = 異位性皮膚炎

1 Principles of Dermatology, Marks Miller, Saunders.p101, 4th ed, 2006
2 Clinics in Dermatology 2010 28, 45-51

小兒濕疹定義

大家不要認為皮膚紅而痕便是小兒濕疹，要有特定的症狀要素才可以作出診斷。而為了轉介患者、跟進治療效果及方便收集資料作研究，不同國家有不同的確診條件。大家不妨參考（小心頭暈眼花）：

確診條件：

始姐：

1980 年挪威代表[3]
Hanifin and Rajka

主要診斷條件：以下最少三點

1. 痕癢
2　典型病狀與分佈
    a. 成人皮膚摺位有苔癬樣硬化（lichenification）或直線粗紋（linearity）
    b. 小孩嬰兒面部及伸展位（extensor region）受影響
3. 慢性反覆發作炎
4. 個人或家庭有敏感病症（哮喘、鼻敏感、小兒濕疹）

加上其他診斷條件：以下最少三點

1. 乾皮（xerosis）
2. 魚鱗皮膚（ichthyosis），手腳掌粗直紋，毛孔角化症（keratosis pilaris）
3. 第一類即時皮膚過敏反應 Type I hypersensitivity
4. IgE 免疫抗體升高
5. 從小發病
6. 容易皮膚感染（金黃葡萄菌、疱疹）或細胞主導免疫力（cell mediated immunity）下降

7. 容易有手足皮炎

8. 乳頭濕疹

9. 嘴唇發炎

10. 反覆眼角膜炎

11. 下眼簾 Dennie-Morgan 皮紋

12. 圓錐形角膜（keratoconus）

13. 前部囊下白內障（anterior subcapsular cataracts）

14. 眼眶色素加深

15. 面色蒼白或泛紅

16. 白糠疹（pityriasis alba）

17. 頸前多摺紋

18. 流汗引發痕癢

19. 不能承受毛織物及油溶劑

20. 毛孔突顯

21. 不相容某種食物（food intolerance）

22. 病情受環境及情緒影響

23. 白色皮膚劃痕症（white dermographism）或延遲變白

1987 年 中國代表隊 [4]
Kang KF; Tian RM

基本診斷症狀

痕癢，慢性反覆發作皮炎

- 於小孩嬰兒面部及四肢伸展位 有發炎皮疹
- 青少年成人皮膚摺位伸展位有苔癬樣硬化

個人或家庭有敏感病症（哮喘、鼻敏感、小兒濕疹）

其他次要診斷條件

遺傳因素

- 12 歲前發病
- 乾皮，魚鱗皮膚，手腳掌粗直紋，毛孔角化症

免疫因素

- 第一類即時皮膚過敏反應，眼角膜炎，不相容某種食物，嗜紅細胞（eosinophilia）增多，IgE 免疫抗體升高
- 免疫力缺陷：容易皮膚感染（金黃葡萄菌、疱疹）或細胞主導免疫力下降

生理藥理因素

- 面色蒼白，白色皮膚劃痕症或 acetylcholine 延遲變白
- 眼眶色素加深，毛孔突顯，非特定手足皮炎

1994 年 英國隊[5]
U.K.Working Party

必需：任何痕癢皮膚情況（或家長留意到嬰幼兒有抓痕摔皮動作）

加上以下最少三點：

- 曾經有皮膚摺位：肘、膝、踭、頸及十歲以下的腮位發病
- 個人有哮喘，花粉症或近親家庭有四歲以下有敏感病症患者
- 過去一年皮膚普遍乾燥
- 可見摺位有濕疹（或四歲以下有腮額外肢濕疹）
- 兩歲前發病

2003 美國隊[6]
American Academy
of Dermatology

症狀必需：

- 痕癢
- 濕疹（急性，次急性，慢性）
- 需有典型病狀及歲數特定模式
- 慢性反覆發作病史

模式包括：

- 嬰幼兒面頸伸展位受影響
- 任何年齡現時或過去摺位曾發病
- 大腿摺位及腋不受影響

重要症狀——大部份患者有的，支持症斷條件

- 從少發病
- 個人或家庭有敏感病症，IgE 免疫抗體升高
- 乾皮

關連因素——只有助指向小兒濕疹診斷

- 血管不常見反應（面色蒼白，白色皮膚劃痕症或延遲變白）
- 魚鱗皮膚，手腳掌粗直紋，毛孔角化症，白糠疹

- 眼部附近皮膚轉變
- 口耳部附近皮膚轉變
- 毛孔突顯，苔癬樣硬化，痕癢粒疹（prurigo）

其他 2000 年後還有：[7,8,9]

- 2002 日本 Japan Dermatological Association
- 2005 丹麥 Danish Allergy Research Centre.
- 2016 韓國 Committee of Korean Atopic Dermatitis Association

- 定義一堆堆，不用太緊張
- 多種定義亦顯示這問題的複雜性、時間性
- 診斷準則，是為了方便轉介跟進治療及研究

3　Acta Derm Venereol Suppl(Stockh)1980; 92:44

4　Int J of Dermatology. 26(1):27-32, 1987 Jan-Feb

5　BJD(1994)131, 40

6　J Am Acad Dermatol 2003;49:1088-95

7　JMAJ 45 (11): 460-465, 2002

8　Br J Dermatol 2005;153:352-8

9　J of Dermatology 2016; 43: 376

冒牌濕疹

讀者千萬不要太執着於以上診斷條件，因為小兒濕疹主要是靠相關醫生的臨床經驗判證的。最要緊是作為主治的醫生，要常常留意一些好像濕疹的「冒牌貨」[10]：

疥瘡	Scabies
脂溢性皮炎	Seborrheic dermatitis
接觸或敏感性皮炎	Contact dermatitis（irritant or allergic）
魚鱗皮症	Ichthyosis
表皮 T 細胞淋巴癌	Cutaneous T-cell lymphoma
牛皮癬 / 銀屑病	Psoriasis
光敏感皮膚病變	Photosensitivity dermatoses
免疫力缺陷病症	Immune deficiency diseases
其他引起紅皮病症	Erythroderma of other causes
鋅及生物素缺乏	Zinc and biotin deficiency
嘴部皮膚炎	Perioral dermatitis
軟疣皮膚炎	Molluscum dermatitis
Netherton 綜合症	Netherton syndrome
體癬	Tinea corporis
錢幣狀皮炎	Nummular dermatitis
組織細胞增生症	Histiocytosis

以上病症只是給醫護人員注意！一般市民讀者不用知太多。（想看相片便輸入病名入 Google 看看，但不要嚇壞自己。）

作為醫生就要問多些、看清楚、和仔細檢查才好作出正確診斷啊！

- 醫生要小心問症檢查才好作出確診
- 要留意診斷小兒濕疹對患者及家屬的衝擊

小兒濕疹全球分佈
—— You are not Alone ！

全球針對小兒濕疹最大型統計由 International Study of Asthma and Allergies in Childhood（ISAAC）研究第三期於 2009 年發表，包括了約 100 個國家／省份／城市裏 233 個收集數據地點共 120 萬人次。香港也有份！[11]

報告主要根據 6-7 歲及 13-14 歲該地方的患者百分比發佈，再比較前幾年（1999-2004）第一期分析趨勢。

從數字看，香港看似屬於偏低的地方。
但若果加上不同類型及並未界定的濕疹類別，14 歲以下患有濕疹的，估計約佔三成，即人數超過 16 萬。[12]

---

11 J Allergy Clin Immunol 124:1251, 2009
12 https://www.hku.hk/f/upload/17787/童心同行計劃新聞發佈會投影片 .pdf

部份參考數據如下：

國家 / 省份 / 城市	6-7 歲（%）	13-14 歲（%）
瑞典	22.3	12.9
澳洲	17.1	10.7
英國	16.0	10.6
泰國	13.5	7.2
智利	12.9	15.1
南非	12.3	12.3
加拿大	12.0	8.9
比利時	11.6	7.2
韓國	11.3	5.7
意大利	10.0	7.4
新加坡	8.9	9.2
德國	7.9	7.7
台灣	7.5	4.2
美國	----	7.0
俄羅斯	6.6	3.8
西班牙	6.2	4.3
尼日利亞	5.0	7.7
香港	4.6	3.3
印度	2.7	3.6
中國	（根據以下 5 個城市參數：北京 1.2；廣州 1.6；西藏 0.2；通州 0.5；烏魯木齊 0.8）	0.9

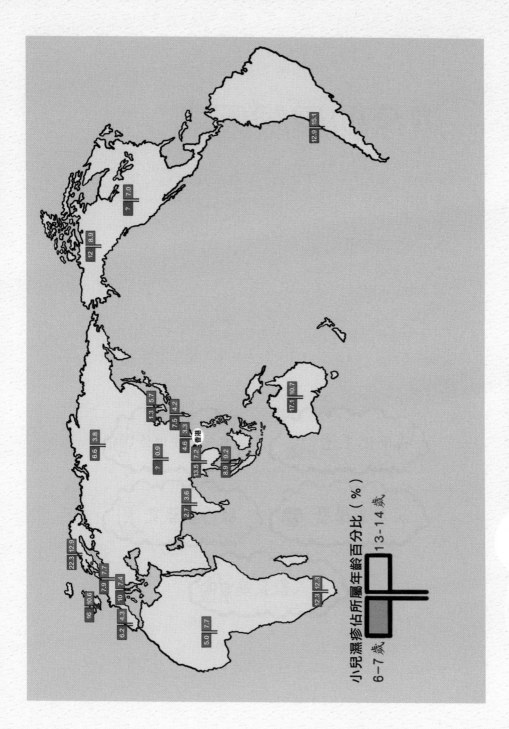

濕疹的風險因素

這個統計研究發現，小兒濕疹的風險因素有 [13]：

- 城市化生活
- 較高社會經濟地位的家庭
- 父母較高學歷
- 有各類敏感家族史
- 人數少的家庭

上述的風險因素，或許可以用 80 年代提出的「Hygiene Hypothesis」即衛生假設學說去解釋（意思是生活得太過衛生乾淨！）。[14, 15]

13　Allergy Asthma Proc 33:227-234 2012

14　BMJ 1989; 299:1259-60

15　Nat Rev Immunol 2003;3:721-32.

衛生假設學說

簡單來說，以上的家庭條件，可能促使懷孕期、城市環境、家居管理及照顧小孩時「過份衛生或保護」，無故戒口，令其小孩成長時，未能有免疫系統必需的外界微生物，多類型食物接觸，及兄弟姐妹交叉感染的洗禮。

這樣的話，免疫力便不能正確發展（由 T 援助細胞 1 [T-helper1] 變成 T 援助細胞 2），而走向日後對正常外在接觸的免疫不良反應，引起多種環境及食物的敏感，加劇小兒濕疹或其他如哮喘鼻敏感等病情。[16, 17]

過份衛生保護　X交叉感染　X外界微生物　無故戒口

過份衛生保護　X交叉感染　X外界微生物　無故戒口

T-helper 2 免疫反應

小兒濕疹＝＝　哮喘　鼻敏感

很可惜，知道還知道，有些根深蒂固的想法及文化因素是十分難以改變：如懷孕時或哺乳期不斷戒口、初生嬰兒頭一年甚麼高危食物也不敢吃、家中物品要全消毒、食具也要煲一煲、食物高度處理不能「生冷」、濕紙巾不斷用、不可以滾地玩、人多地方不准去諸如此類。

其實從白老鼠媽媽母乳對小老鼠免疫系統發展的研究，已經知道母乳能令初生嬰兒盡早接觸到外界不同的食物及環境，驅使免疫系統有步入一個正常的發展過程，理論上減少日後敏感問題。[18]

從上述研究引申，母體從食物及環境裏邊吸收各類外來物質後，身體的消化系統會將他們處理好，不同物質的抗原會結合母體的 IgG 抗體（IgG-antigen complex），再由嬰兒腸道內的受體收納並被免疫細胞（Dentritic cells，DC）捕捉到腸道粘膜；抗原又或會被 DC 直接捉到嬰兒腸道內壁，加上母乳中的 TGFβ（Transforming growth factorβ）因子幫助，這些過程會引發免疫系統的調節 T 細胞（Regulatory T cell），對這些抗原作出耐受性（tolerance），並記憶於免疫系統中，日後再接觸就不會發生過敏反應。

多吸收不同食物及接觸大自然環境，
增加調節T細胞及助手T1細胞發展正常免疫力

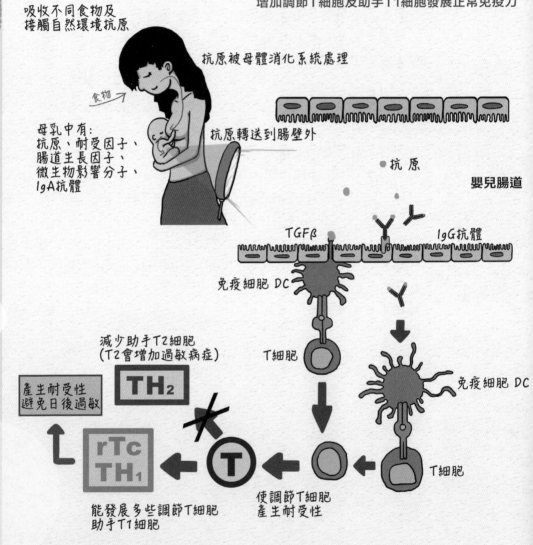

吸收不同食物及
接觸自然環境抗原

食物

母乳中有：
抗原、耐受因子、
腸道生長因子、
微生物影響分子、
IgA抗體

抗原被母體消化系統處理

抗原轉送到腸壁外

抗原

嬰兒腸道

TGFβ　　　　　IgG抗體

免疫細胞 DC

T細胞

免疫細胞 DC

T細胞

減少助手T2細胞
(T2會增加過敏病症)

TH₂

產生耐受性
避免日後過敏

rTc
TH₁

T

能發展多些調節T細胞
助手T1細胞

便調節T細胞
產生耐受性

不同的研究顯示，母親從懷孕初期至餵哺母乳及嬰兒頭一年間，如非已證實敏感，應盡量吸收不同類型的食物，及接觸不同的大自然環境，能有效減少種種敏感病症的機會（見預防章節）。[19, 20, 21]

有趣的是，有三個於挪威、德國及美國的研究顯示，小孩出生最初幾年若家中有寵物，特別是狗，是較少患有濕疹的。所以不要因為擔心新生嬰兒皮膚健康而棄養寵物啊！[22]

發展出正常免疫系統需要

- 攝取多樣性的食物
- 接觸大自然
- 多點群體活動
- 不作無謂戒口或過份衛生

16　J Allergy Clin Immunol 2015;136:860-5

17　Australasian Journal of Dermatology (2017)58, 18-24

18　Nature Reviews Immunology15, 308-322 (2015)

19　Allergy Clin. Immunol. 133, 1373-1382 (2014)

20　Allergy 2006: 61: 1009-1015

21　J Allergy Cli Immunol 2014;133:1056-64.

22　Allergy 2001; 56:307-12, Pediatr Allergy Immunol 2002; 13:394-401, J Allergy Clin Immunol 2004; 113:307-14.

濕疹病因及病理

很多時父母及患者很想知為甚麼小朋
友或自己有這個難纏的問題。正如
開始時講,小兒濕疹的
病因及病理只是近幾十
年才弄清楚。

WHY ME!

現在,不要只推說
父母遺傳、責備照顧不
周、日常不夠乾淨(有時是因為太清潔衛生),懷孕時
吃了濕毒之物等等。

遺傳給孩子了

平日照顧得不好呢

都說要清潔一點嘛

你做了什麼好事

一定是你懷孕時亂吃一通!

小兒濕疹的病因及病理主要有三方面 [23]

一、皮膚防禦功能障礙

二、免疫系統不良反應

三、環境誘發因素

一、皮膚防禦功能障礙

小兒濕疹患者的皮膚防衛有三種不同的缺陷：

a) **絲聚集蛋白** Filaggrin（filament aggregating protein）基因變異不能製造 filaggrin 蛋白，這種蛋白能與角質蛋白絲（keratin filament）築構成皮膚保護牆，亦轉化為自然保濕因子（natural moisturizing factor NMF），沒有它皮膚就容易乾巴巴兼痕癢，又會被外在致敏源及病菌入侵。

b) **神經酰胺或磷脂質**（Ceramide）缺少，這種屬油脂類的成份於皮膚表皮角化層是重要的鎖水成份，少了皮膚會較乾，濕疹發炎後又再少點，即容易再發炎。

c) **表皮蛋白酶**（Epidermal Proteases）過度活躍，它令角質層細胞**間橋粒**（Corneocytes Desmosome）分解剝離，削弱皮膚保護層。

你可能會問：「好多人也皮膚乾燥！為甚麼不是每個也有濕疹？」

正是！因為濕疹患者皮膚上的免疫細胞太勤力！

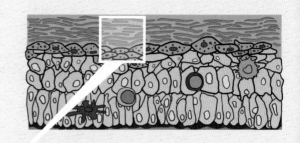

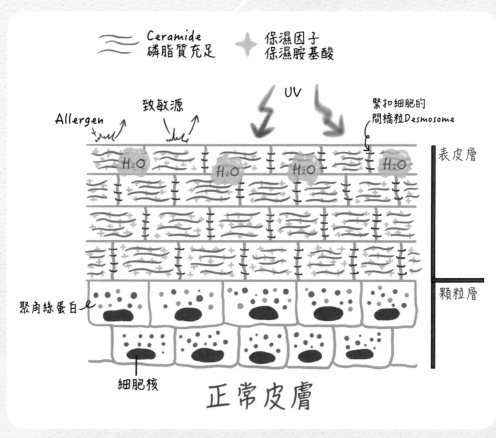

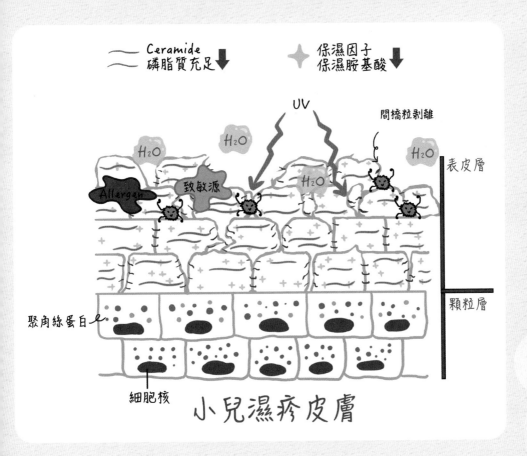

Ceramide
磷脂質充足 ⬇

保濕因子
保濕胺基酸 ⬇

UV

間橋粒剝離

H₂O

H₂O

H₂O

H₂O

Allergen

致敏源

表皮層

顆粒層

聚角絲蛋白

細胞核

小兒濕疹皮膚

二、免疫系統不良反應

a) T 白血細胞（lymphocytes）本來是負責防衛及擊退病源的工作，於濕疹患者中，T 細胞受刺激後製造過多不平衡的細胞因子（Cytokines），而這些細胞因子會引發皮膚一些連鎖發炎（T helper 2 主導），形成不同程度的**急性或慢性濕疹的發作**。

b) 樹突狀細胞（Dendritic cell）會捕捉穿過皮膚防禦的外來物（hapten），送去附近淋巴核作出製造抗體返擊，但這樣會令很多本來不必要應付的外來物變成令患者過敏的致敏源（塵蟎、動物毛、霉菌等），使症狀不斷加劇。

以上兩方面，再加上環境變化配搭，便會成為引起濕疹的鐵三角。

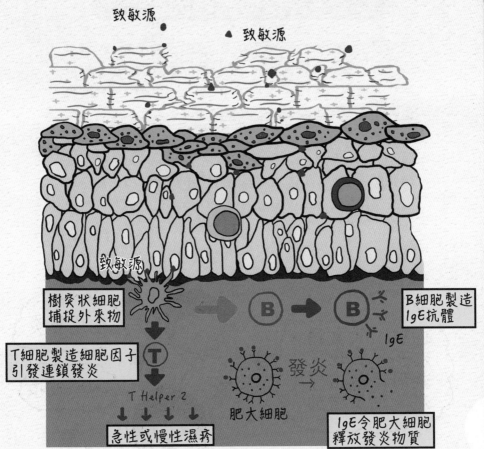

致敏源

致敏源

致敏源

樹突狀細胞
捕捉外來物

B細胞製造
IgE抗體

T細胞製造細胞因子
引發連鎖發炎

T

IgE

T Helper 2

發炎 →

急性或慢性濕疹

肥大細胞

IgE令肥大細胞
釋放發炎物質

三、環境誘發因素

食物藥物敏感，天氣太熱太冷、室內外溫差大、乾燥潮濕都會使皮膚感覺有變差，亦可以令微生物（如霉菌或塵蟎）增多。太勤奮清潔或用肥皂也會令皮膚 pH 酸鹼值升高及保護層減少，皮膚表面本來不致病的金黃葡萄菌增加，小兒濕疹患者本身亦可能欠缺製造抗菌的蛋白肽，加上金黃葡萄菌成為超致敏源（Super antigen）誘發 IgE 上升，T 免疫細胞繼而作出不良反應引起痕癢發炎，而抓痕又會另皮膚破損進一步痕癢，最终引致濕疹爆發。[24, 25]

如果你是患者

- 不要怪責父母
- 也不要怪責自己
- 明白原因，一起逐步解決問題

另外情緒變化及壓力也會對病情有直接影響 [26]。

研究顯示情緒壓力（包括生理和心理）會令患者的嗜紅白血球（Eosinophil）及 IgE 抗體升高，亦令到腦下垂體，腎上腺素等的內分泌失平衡，導致皮膚發炎傾向 T-Helper 2 細胞連鎖反應，於患處亦會有神經分佈不正常及感覺異常敏感（表皮細胞因子 Nerve Growth factor，Substance P 增加）。[27]

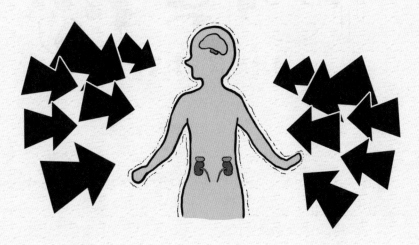

於患處皮膚切片分析顯示，神經末梢變幼直出到表皮層，稍有刺激已經引起感覺異常，容易感覺痕癢、灼熱及痛楚，而這種痕癢感覺不能用一般止痕藥（antihistamine）去減少，就是這樣令患者情緒起伏，睡眠更加受影響，導致惡性循環。[28]

容易痕癢、灼熱、痛楚

情緒起伏，影響睡眠

23 Clinical & Experimental Allergy (45) 566-574,2015；Cogent Biology (2015), 1: 1103459

24 N Engl J Med 2002;347:1151-60

25 J Am Acad Dermatol 2001;45:S13-6

26 Acta Derm Venerel 2012;92:7-15

27 Dermatology Research and Practice 2012，Article ID 403908, 1-11

28 Dermatology 2005;210:91-99

表面康復
不代表沒有問題

近年除了上述的各種病因病理的深入理解外，還有對患者皮膚臨床上康復的經常患處，作出顯微鏡下的切片病理研究，發現就算皮膚表面看似康復，經常患病部位仍是處於一個輕微的發炎的狀態，容易受外在或內在原因誘發小兒濕疹。**就好像一個經常容易有裂紋的水瓶，動輒便有機會破開漏水。**

因此，十多年來有多個關於**主動預防性治療**（Proactive Treatment）的研究，即是在經常發作位置沒有發病時，仍作每星期兩三次的恆常治療，證實長遠可以減少發作，維持皮膚穩定健康，整體用藥量亦得以減少，詳細會於治療章節繼續討論。[29]

預防勝於治療！

29　Allergy 2009; 64: 276-8

小兒濕疹
嚴重指數評估

為有客觀紀錄評估患者受影響的程度，以制定治療方案及研究界定用途，需要一套各國專家認可的標準去實行。現時較常用的有 1993 年歐洲團隊定立的 SCORAD 指數（Severity Scoring of Atopic Dermatitis）[30]

指數主要根據

A）患處面積（0-100）

B）六項症狀（紅、腫 / 疹、滲 / 乾結體液、皮損、苔蘚狀、乾燥）之程度（0-3）

C）二種主觀症狀（痕癢、失眠）分數（0-10）

以程式 ｛A/5 + 7B/2 + C｝ 計算總分 [0-103]

這樣便有客觀數據紀錄病情發展，以跟進或比較不同治療的效果，亦方便不同國家的研究有共識地互相參考。

還有可參考的指數包括有：

The Eczema Area and Severity Index（EASI）[31]
The Nottingham Eczema Severity Score（NESS）[32]
Patient-oriented Eczema Measure（POEM）[33]

有興趣的讀者不妨自己找找看看。

30　Dermatology 1993: 186; 23-31

31　Exp Dermatol 2001: 10: 11-18

32　BJD 2000; 142: 288

33　Archives of Dermat. 140 (12):1513-9, 2004

SCORAD 歐洲小兒濕疹工作組	治療中心:
	主診醫生:

姓	名	外用類固醇名稱
出身日期 ☐		每月用量
到訪日期 ☐		每月發作次數

圖表用藥比例
兩歲以下適用

A: 範圍　影響位置百分比 ☐

B:程度 ☐

準則	程度
泛紅	
水腫/丘疹	
出水/硬殼脆皮	
破損	
苔蘚狀	
乾燥	

計算平均值
程度類別

0 沒有　1 輕微

2 中度　3 嚴重

乾燥程度以沒有濕疹位置為準

C:　主觀症狀　痕癢及失眠

SCORAD
A/5+7B/2+C

視覺模擬量表 (以過往三天平均計)	痕癢 1－10 ☐
	失眠 1－10 ☐

治療項目
備注

小兒濕疹發展進程

小兒濕疹初起年齡最普遍是出生後三至六個月，有六成是頭一年發作，而五歲內首發的佔九成，很少部份則成長後才發病。

最初常見患處於面頸四肢摺位，皮膚上出現痕癢的紅、腫、乾、損、濕、厚，反覆發作發炎或蔓延的皮疹。

雖然據以往不同研究，**百分之十到高至六十的患者會於青春發育期自然好轉**，但若發病早、有家族史、連帶有哮喘鼻敏感花粉症、病情嚴重、有致敏原、IgE 值高的患者，則病情有很大機會持續反覆至成年。**所以不要以為等待就會自然好轉，要及早治療控制病情，維持健康正常皮膚。**[34, 35]

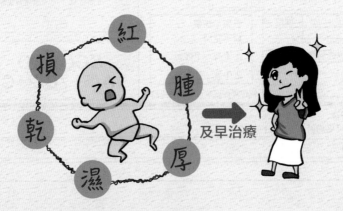

及早治療

34   J Am Acad Dermatol. 2014 February ; 70 (2) : 338-351.

35   N Engl J Med 2005;352:2314-24

發展階段

以發展區分，小兒濕疹可分為 0—2 歲、2 歲到青春期
及 成人三個階段：[36]

一、0-2 歲

多起於面頰、額頭、頭皮，痕癢非常的紅點或小水泡，
然後逐漸延申至身體四肢外側，對稱但邊界不明。開始
餵固體食物後及口水增多時尤其嚴重，甚至紅腫出水容
易受感染。

患者整體皮膚乾燥，於爬行階段會因摩擦令手腳更易發
炎。

隨後，於四肢摺位、頸、眼部這些典型濕疹位置會變得
明顯受影響，但尿片位置則因濕潤及抓不到的理由不會
有濕疹（除非有刺激性皮炎或念珠菌感染）。

要注意，初生嬰兒常見的脂溢性皮炎（頭泥）與初起小
兒濕疹很相似，醫護要特別小心檢查斷症。

一歲後，錢幣圈圈狀的濕疹紅塊會較常出現，這些患處會對外用治療反應略慢或容易受感染（如真菌癬），醫護人員要看清楚呀！

二、2歲到青春期

隨着病情發展，患處會變得乾燥增厚成苔蘚狀，位置多集中於手足掌及摺位、腕、踝、眼皮、嘴部等，有小部份會影響伸展外側為主。

膚色黝黑的種族，濕疹可以以毛孔散佈狀（follicular pattern）呈現。這個時期患處通常十分痕癢，不能安枕，又因發炎及感染致局部淋巴核脹大。

三、成人階段

若錯過治療機會，或不幸進入成人階段，患處會更加增厚泛紅脫皮，主要分佈於面、頸、背、臂、掌、指等。有時伴隨滲濕金黃葡萄細菌或真菌及病毒感染。

不論哪一階段，濕疹患處過後都有機會有皮膚色素增生或減少的現象，通常病情穩定後會於數個月內逐漸正常，亦不會有疤痕，家長患者不必擔心。

但若是由於慢性增厚苔蘚的色素沉澱或因感染嚴重遺下疤痕，很難回復正常。所以「及早治療，安全控制，才是上策！」

- 病情隨着階段有起有伏
- 發作時不需太悲觀
- 好轉後不可太鬆懈
- 青春期前好好控制，才有較大機會康復

為何那麼痕癢？

在這裏先講講小兒濕疹最重要又難搞的症狀：**痕癢**

「心癢難搔」是很多人都有的經歷，但內臟是不會痕的，只有我們的皮膚、黏膜位置及眼角膜能有痕癢的感覺。

痕癢的定義，早於三百五十年前由一位德國醫生 Samuel Hafenreffer 定下[37]：「**一種會令人反射地或有慾望去抓搔的不愉快感覺**」（unpleasant sensation that elicits the desire or reflex to scratch.）

幾個世紀以來，痕癢只是界定為痛楚感覺的一種。治療藥物不多，有時亦不太見效。

隨着不停的觀察、研究，科學家發現痕癢感覺有着複雜的機制，關連着皮膚、表皮角質細胞（keratinocyte）、其他皮膚內的細胞、表皮神經末梢（cutaneous nerve ending）、致痕分子（pruritogenic molecules，cytokine，chemokine）與其受體及中樞（central nervous system）和外在神經系統（peripheral nervous system）的運作。

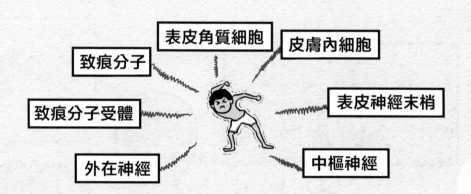

我們能夠感應到痕癢的觸覺，起始於魚網狀式分佈皮膚表皮細胞、微絲血管毛囊、汗腺之間的神經末梢。

負責痕癢的神經末梢有兩個系統：組織胺類（histamine）及非組織胺類（non-histamine）。兩個系統會由不同的神經物質（neuromediator）誘發痕癢信息，經由不同路徑進入脊髓神經的背根神經節（dorsal root ganglion），經過對面脊髓丘腦束（spinothalamic tract）傳送至丘腦（thalamus），再分析痕癢源於身體哪個部份通知大腦皮質層，大腦再發出行動指令，指揮用哪隻手去「擩擩抓抓」。

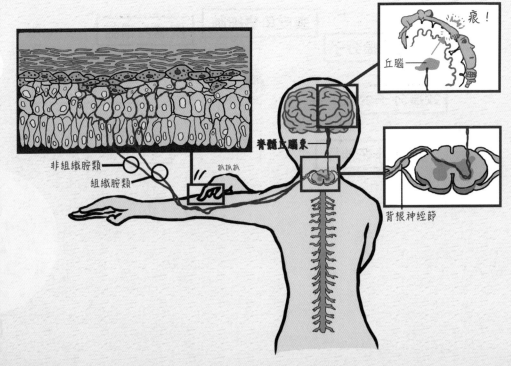

兩個感應系統不會重疊——組織胺類（histamine）系統神經傳導速度快、分佈廣泛、不受機械性（mechanical）物理性影響、會條件反射引起泛紅；

小兒濕疹痕癢，較多屬於非組織胺類（non-histamine）系統，容易受機械性（例如：輕微接觸衣物及流汗等）刺激誘發，不會反射泛紅，服用**抗組織胺藥物不能有效減痕癢**。

組織胺類　　　　　　　非組織胺類

組織胺類	非組織胺類
速度快	速度慢
分佈廣	受機械性 刺激
不受機械性 物理性影響	抗組織胺藥物無效
泛紅	不泛紅

處理痕癢信息的時候，小兒濕疹患者的大腦中，一些本來不是負責感覺的區域亦會活躍起來（Ant. cingulate cortex & insula 前扣帶回皮質，扣住島嶼，post. cingulate cortex 後扣帶回皮質，dorsal lateral prefrontal cortex 背側前額皮質），這些區域聯繫一些負面感覺和情緒回憶，及會對痕癢位置抓痕作出一些讚賞的回饋訊息，有可能會循環不斷地加劇症狀。[38]

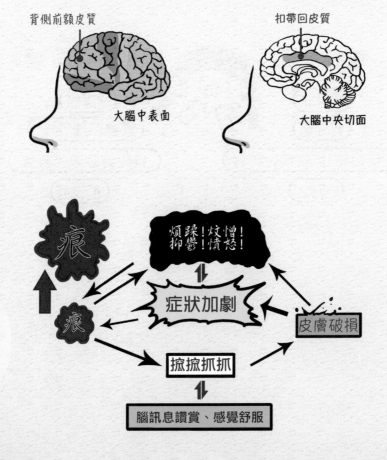

背側前額皮質
大腦中表面

扣帶回皮質
大腦中央切面

痕

痕

煩躁！炆憎！抑鬱！憤怒！

症狀加劇

皮膚破損

搣搣抓抓

腦訊息讚賞、感覺舒服

因為表皮屏障缺陷、免疫反應異常、製造很多痕癢分子或增加其受體（非組織胺類），激發中樞神經系統對痕癢的異常敏感感覺，形成小兒濕疹的主要症狀——痕癢！真係痕癢到跳舞，寢食難安。[39]

表皮屏障缺陷

免疫反應異常

痕癢分子及受體增加

中樞神經異常敏感

61

表皮屏障缺陷會加劇表皮水份流失（transepidermal water loss），流失越多（尤其是晚上），痕癢越厲害。流失水份亦會令表皮酸鹼值 pH 增加，激活一些致痕分子蛋白酶（Protease）。另外，表皮屏障缺陷容許刺激物、致敏源及致痕分子進入皮膚，引發新一輪過敏或炎症。

表皮屏障缺陷即是表皮角質細胞失去了互相連結保護皮下的功能，受到正常或不正常的化學、生物（如細菌）及物理（包括抓癢）刺激後：

1. 表皮角質細胞及皮下不同細胞（肥大細胞 Mast cell，嗜酸細胞 Eosinophil，淋巴細胞 Lymphocyte，中性細胞 Neutrophil）會活躍起來

2. 分泌出多樣性的致痕分子（除了 histamine，已知有：opioids，proteases，substance P，nerve growth factor NGF，neurotrophin 4，endocannabinoids，acetylcholine，leukotrienes，PG，serotonin，TNFα，IL 1b，4，13，31 etc.）

3. 表皮角質細胞本身亦會製造或增加於其細胞膜的這些致痕分子的受體 receptors（已知有：PAR2，vanilloid，TRPV，TrkA，Trk B，cannabinoid receptor 1，IL-31 receptor，opioid receptors）

4. 致痕分子會直接或間接令受體激活，製造出痕癢信息，表皮角質細胞亦可以將這個信息傳給鄰近的角質細胞，所以**痕癢感覺是會蔓延的**

5. 致痕分子亦會激活於神經末梢的受體（已知有：G protein coupled receptors 及 Transient receptor potential 兩大類），把痕癢感覺告知大腦。

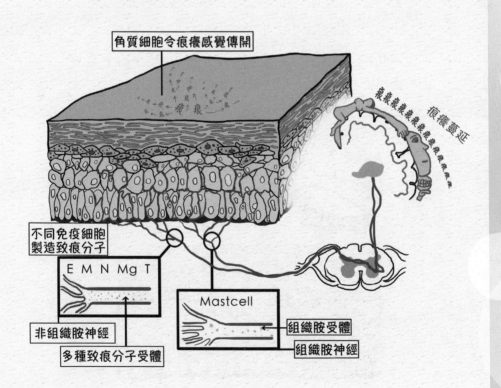

角質細胞令痕癢感覺傳開

痕癢蔓延

不同免疫細胞製造致痕分子

E M N Mg T

非組織胺神經

多種致痕分子受體

Mastcell

組織胺受體

組織胺神經

讀者不需要被這些英文字母嚇倒，其實只想大家明白引致痕癢的原因及認知比想像中複雜及繁多，而現時的止痕藥物種類太少，亦有一些在研究中，將會在治療部份的章節再向大家解釋。

小兒濕疹患者除了容易受刺激而誘發製造致痕分子及受體外，研究亦發現患者皮膚裏的神經分佈更為密集增多，感應亦較敏銳。（即是少少接觸或刺激，已感到痕癢非常！）

因為其中一種致痕癢分子（nerve growth factor）更會加速神經末梢生長，形成惡性循環。

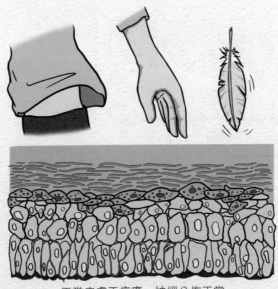

正常皮膚不痕癢，神經分佈正常

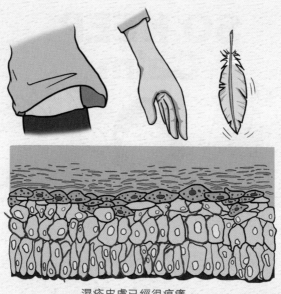

濕疹皮膚已經很痕癢，
神經分佈密集，末梢接近表皮

另外因病情或生活造成的心理壓力，會令身體製造出
很多糖皮質激素（Glucocorticoid），令某些致痕分子
（IL4，IL23）增加，亦較容易引發 T-helper 2 炎症傾向，
而壓力帶出的荷爾蒙亦會令肥大細胞（Mast cell）分泌
較多致痕物質。

即是説心情煩躁，是會越煩越痕！

65

SO KEEP Calm

- 總之小兒濕疹特別痕！
- 痕癢感受，不足為外人道
- 家人朋友同事學校，多多體諒！

37 Annu Rev Biophys. 2014 May 6; 43: 331-355
38 Current Allergy and Asthma Reports 2008, 8: 306-311
39 Clinic Rev Allerg Immunol (2016) 51:263-292

致癢和治療

新加坡國家皮膚中心於 2002 年發表 100 個中國籍的患者痕癢調查報告,濕疹帶來的痕癢,高峰時可以有蚊叮痕癢的兩倍,六成半人於晚上最痕,八成半人會有睡眠困難,最常加劇痕癢的原因有:流汗、乾燥、壓力大及體力勞動。差不多有一半人有伴隨灼熱、出汗及痛楚感覺。而環境降溫或沖冷水有效減少痕癢症狀。[40]

在 2014 年一個日本針對 1190 個小兒濕疹患者的問卷調查中發現 [41]：

最能引起痕癢的因素有：（順序，1 為最多）

1）出汗　　　　　　　　2）洗澡前或洗澡後
3）穿着刺激物料　　　　4）躺於被鋪底下
5）下班或下課後　　　　6）學習或工作中
7）飲酒　　　　　　　　8）脫衣時
9）早上醒來　　　　　　10）飯後

最能引致痕癢的衣物質料有：

1）羊毛　　　　　　　　2）人造纖維
3）動物皮草　　　　　　4）麻布
5）皮革

最能誘發痕癢的情緒有：

1）發忟憎　　　　　　　2）悶
3）憤怒　　　　　　　　4）忙
5）緊張

最常使用的治療手段有：

a）保濕潤膚　　　　　　b）類固醇
c）口服抗組織胺　　　　d）鈣調磷酸酶抑制劑

有效減少痕癢的排名是：

a）類固醇　　　　　　　b）口服抗組織胺

c）鈣調磷酸酶抑制劑　　d）保濕潤膚

最快（一小時內）減少痕癢的排名是：

a）保濕潤膚　　　　　　b）類固醇

c）鈣調磷酸酶抑制劑　　d）口服抗組織胺

能夠靈活運用 a，b，c，d 已經可以有效減少痕癢症狀。
痕癢對於小兒濕疹患者就是如此影響大、煩人的主要症
狀。可以說，能消除痕癢，濕疹病情已經大部份控制好！

舒緩痕癢

- 減少致痕因素
- 靈活運用止痕手段
- 放低執著和壓力

40　International Journal of Dermatology 2002, 41, 212-216

41　BJD (2015) 173, pp250-252

如何撳痕搔癢

只管告訴小兒濕疹患者不要抓痕是不切實際的。

「難道任由他／她抓嗎？」不是！是要抓得其所。

當然，前提是患者有足夠好好配合適當的治療，減少致痕因素，把大部份痕癢症狀降低，及控制好其他濕疹症狀。

上文提到，痕癢感覺自身是可以蔓延的，死忍的話，會影響情緒，令痕癢加劇。

當決定想抓痕的時候，**原則是不要抓破皮膚**，因為會引起感染及誘發更多濕疹：

- 不要直接抓患處而是旁邊兩側
- 速度不要太快太用力（慢速數次已有止痕作用）
- 不要用硬物（指甲、筆尖、枱腳、鞋踭）或粗糙衣物抓痕

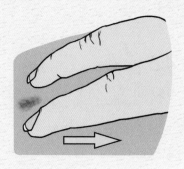

抓痕接觸面盡量用手指頭而不是指甲

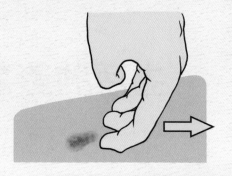

或以反手方向及鈍角角度去抓

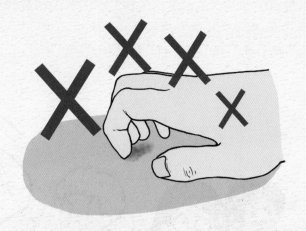

範圍大或表面已破損，可以考慮**用冰隔着毛巾或餐巾紙**敷上數秒鐘，可以有即時止痕作用，但注意不要凍傷皮膚。

以上只屬臨床經驗及建議，因為不可能找到這種研究摳痕搔癢的報告。

生活的影響 ⁴²

評估小兒濕疹不單只從症狀外觀去看，還要從多方面了解它對生活的影響，才能全面的考慮最佳的治療方法，支援患者及其家庭成員。

很多人覺得小兒濕疹是一種輕微病症，大大下就會好，而忽略了在病情發展中對患者各方面的成長的長遠影響，及照顧者和家庭的壓力負擔問題。

對兒童患者的影響

不同的研究已顯示較嚴重的小兒濕疹患者，伴隨着比較低的生活質素、情緒精神健康、社交能力、容易精神緊張、外觀亦可能受到歧視，影響人際關係，令患者感覺尷尬或容易動怒。

美國有統計研究分析九萬多名 17 歲以下兒童，患有較嚴重小兒濕疹的兒童明顯有增加過度活躍症、抑鬱、行為問題、焦慮緊張、自閉等症狀。[43]

部份患者又或會小時候受到家長過份保護或放任，成年後容易患上各種心理及行為問題。

對成人患者的影響

成人患者，較容易有難以表達的憤怒情緒、欠缺堅定自信、容易緊張、感到壓力的問題。[44, 45]

另外，臨床上，很多嚴重的成人患者，有着不同的因素，影響治療控制：

1） 因自小已試過無數的治療方法，但又繼續反覆發作的挫敗感，對控制病情感到絕望或採取放棄態度。

2） 深信或被誤導藥物有毒或嚴重副作用，只肯嘗試一些標榜天然的另類療法。

3） 不肯接受自己長期需要藥物保持皮膚健康，害怕標籤為長期病患。

4） 對各類內服外用藥物使用方式未有了解清楚，用量不足或過量使用亦是常見問題。

5） 從未作適當測試化驗，以避開影響皮膚的環境及食物致敏源。

6） 於不同的醫療制度，因資源分配上未能從多方面支援嚴重濕疹患者，令病情變得逐漸嚴重。

絕望而放棄
藥物有毒
害怕標籤
用藥不清楚
未作適當測試
醫療支援不足

因痕癢而睡眠不足及睡眠質素差亦是患者常見的煩惱，這會令患者日間倍感疲倦，集中力不足，影響學習進度及工作表現，進一步影響日後生活。

對患者家庭及照顧者的影響

若家中有嚴重程度的患者，家庭的生活質素亦會隨之下降，當中包括精神緊張、壓力大、感覺無助。

首當其衝的大部份是患者的母親（多數的照顧者），有一部份的母親或會對患者從要受照顧的病人角度看待，而少了一份對孩子母愛的親切關懷，再加上與配偶及家中其他孩子少了時間溝通照料，影響整個家庭氣氛和關係，真是有苦自己知。[46]

睡眠不足及睡眠質素差亦不只是患者獨有,晚上家長幫忙抓痕或要陪伴入睡,亦嚴重減少他們的睡眠時間,減低日間的工作能力。

有研究顯示照料嚴重小兒濕疹孩子,比照料嚴重糖尿病孩子壓力還要大,所以其他家庭成員不要冷眼旁觀、埋怨照顧者處理不周,大家多一點體諒、多一點參與、多一點分享、分擔壓力及責任、增進感情和關係。

另外百上加斤的還有，醫療上的費用、請假看醫生不能上班的時間、欠缺朋友及家庭成員的諒解和支援。

生活上亦需要作出不同的調整，例如需要戒口（要花時間小心購買）、特別的護理用品、衣物、防塵蟎用品或儀器，加重經濟上的壓力。要照顧嚴重患者，可能每日甚至要花數小時的時間（包括犧牲睡眠）。

可惜大部份人（社會資源分配者）覺得小兒濕疹不會死人，所以社會上的教育及情緒支援少之又少，醫生及護理人員對各種治療及藥物用法解釋時間不多，患者及家庭很多時茫然無助，對醫護人員及治療失去信心，減低正確治療的使用，更加引致病情的不良發展。

希望

- 患者及家人共同面對、體諒、分擔
- 醫護人員多耐心解釋和了解
- 社會增加支援

42 Pediatric Dermatology Vol. 22 No. 3 192-199, 2005

43 J Allergy Clin Immunol 2013;131:428-33

44 Int J Dermatol 1993; 32:656-660

45 Int. J. Environ. Res. Public Health 2016,13,760

46 Psychother Psychosom. 1999;68(1):39-45

小兒濕疹併發症

很多人誤解小兒濕疹不是一種嚴重問題，或者不會有生命危險，而忽略處理，但其實有很多併發症可以發生，亦真的可以致命。

因小兒濕疹皮膚患處有很多傷口及體液積聚，所以特別容易受到各種感染：

一）病毒感染

疱疹型濕疹（Eczema herpeticum）——有疱疹或唇瘡發作的人盡量不要接觸濕疹患者，因為可引致的嚴重的疱疹蔓延，獨有症狀包括快速擴散的淺層結痂潰瘍（punch out lesions），或伴隨發燒頭痛，要盡快使用口服抗病毒藥，否則死亡率可達 10%。[47, 48]

軟疣型濕疹（Eczema Molluscatum）——數量可以達致數百粒以上，狀似細小珍珠，有其獨特中央凹陷形似肚臍，一至二毫米或更大，肉色或白色，手感較硬，多不痛不癢，不會死人，但外觀難看及影響小兒濕疹的治療選擇。[49]

疣（Viral Warts）——因皮膚破損關係，患者特別容易
感染皮膚疣這類問題，亦較正常人廣泛及嚴重。[50]

二）細菌感染

常見細菌感染有金黃葡萄菌及鏈球菌（其實很多致病細
菌亦可以入侵），會引致毛囊發炎、膿疱、窩蜂炎等，
嚴重可引致細菌入血，有致命風險。[51]

三）真菌感染

除了較容易感染真菌體癬外，患者亦容易對真菌（汗斑
菌 Malassezia furfur）有過敏反應。真菌感染有時極難
察覺，如果只是當濕疹治療，病情只會更加嚴重。[52]

四）全身紅皮症（Erythroderma）

當小兒濕疹未能受到控制或急性發作，引致 90% 的皮膚
受到影響，臨床上便會界定為紅皮症，這是十分危急的
情況，需要馬上住院處理。

紅皮症會令身體蛋白質、熱量及水份流失，血壓下降，
容易受感染及肺炎，最後心臟負荷過大引致衰竭。[53]

五）還有一些家庭不幸事件……[54,55]

所以小兒濕疹處理不當，嚴重起來，真不是小兒科！

小兒濕疹併發症

1	病毒感染	疱疹、軟疣、疣
2	細菌感染	毛囊炎、膿胞、窩蜂炎、細菌入血
3	真菌感染	真菌體癬、汗斑菌
4	全身紅皮症	血壓下降，肺炎，心臟衰竭

- 小兒濕疹一定要控制好
- 不適當治療會有併發症
- 併發症是可以死人的！

47　Pediatr Emerg Care. 2015 Aug;31 (8): 586-8

48　https://nypost.com/2017/11/17/toddler-nearly-dies-after-kiss-gives-him-herpes/

49　J Allergy Clin Immunol 2003;112:667-74

50　J of Allergy and Clinical Immunology 133 (4) 2014, 1041-1047,

51　https://hk.news.appledaily.com/local/daily/article/20101102/14617328

52　Curr Opin Pediatr 2003, 15:399-404

53　https://www.dermnetnz.org/topics/erythroderma/

54　http://paper.wenweipo.com/2015/12/18/HK1512180028.htm

55　https://news.mingpao.com/pns/dailynews/web_tc/article/20180619/
s00001/1529346031352

過敏演進：
Atopic March 的現象

除了小兒濕疹本身會發展外，從 2009 年的全球統計數
據分析中，發現於小兒濕疹患者中，6-7 歲組別有 33%-
48%，13-14 歲組別有 42%-55%，伴有不同程度的哮喘
和鼻敏感問題。[56]

過敏演進（Atopic March）最初是 Dr. Spergel 於 2003
年提出：主要是有數個不同國家（英、德、日、瑞典）
追蹤四至二十二年共 1,677 名對象的大型敏感病症縱向
研究，都發現小兒濕疹、哮喘、鼻敏感會跟特定時序相
繼出現。而自兩歲前已有食物或環境源過敏、IgE 值高
及濕疹嚴重患者尤其明顯，另外隨年齡增長，致物源過
敏的數目亦逐漸增多。[57]

鼻敏感
哮喘
小兒濕疹

哮喘
小兒濕疹

小兒濕疹

Marching! Marching! Marching!

從上述研究中的過敏演進，都是以小兒濕疹起始，再出現其他敏感病症。

專家因此推論：小兒濕疹患者容易破損的皮膚打開了免疫系統的屏障，令多種致敏源能直接入侵皮下，被有 IgE receptor 受體的樹突狀（Dendritic）細胞及郎格罕（Langerhans）細胞 T 細胞捕獲，這些巡警細胞會帶致敏源遊走到附近淋巴核，刺激原始 T 細胞作出 T helper type 2 細胞反應（完好皮膚會出 T helper 1 正常程序），而就是這種反應引起各種濕疹症狀。

但故事還未完，這些特定致敏源反應會由記憶 T 細胞儲存，它們會經血液循環去到身體不同器官，如鼻黏膜，肺氣管、腸道。當致敏源（如花粉、塵蟎、致敏食物）空氣入到氣管黏膜，記憶 T 細胞便會通風報信，引發新一輪 T helper 2 過敏反應，演進形成鼻敏感及哮喘病症。

致敏源進入身體

3. 記憶T細胞遊走至身體各處，
例如鼻黏膜，氣管，腸道。

2. 淋巴核引發T Helper 2
過敏反應，形成記憶T細胞

4. 吸入致敏源，記憶T細胞
產生發炎反應，引起鼻敏感，
哮喘症狀

1. 濕疹患處令致敏源
進入身體，被免疫細胞
帶到淋巴核

所以小兒濕疹家庭必須及早對病情把握得宜，抱有合理
期望，了解治療及藥物特性，靈活運用及處理，使患者
有穩定而安全的控制、充足的睡眠、正常的生活、學習
及身心發展，避免病情有演進的條件，增加患者於青春
期成為好轉一分子的機會！

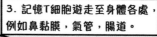

病向淺中醫，不要讓它有機會演進
增加下去！

56　Allergol Immunopathol(Madr). 2013;41 (2): 73-85
57　J Allergy Clin Immunol 2003; 112:S118-27

內因 / 外因 (Extrinsic / Intrinsic) 小兒濕疹

不講不知，80年代起，小兒濕疹亦有分開外因（Extrinsic）或敏感類（allergic type）及內因（Intrinsic）或非敏感類（non-allergic type）兩類，雖然臨床症狀很相近，治療上藥物種類亦大致相同，但千禧年代後，針對不同類型和不同國家有不同研究在進行，日後若有更多發現，便有更準確有效的治療方案出現。[58]

細心看圖表，內因小兒濕疹 Intrinsic atopic eczema 的基因、鎖水功能、抗體值均屬正常，一般抽血或針刺敏感測試亦沒有異常。所以，有一部份小兒濕疹患者是與食物環境敏感無關的，因此無根據的話不要作無謂的戒口！但亦需要知道，有些患者是要作不同的敏感測試才準確。

NO NEED!

敏感報告：
正常

小兒濕疹類型分別	Extrinsic外因	Intrinsic內因
定義	IgE 抗體升高	IgE 值平均 22.2-134kU/L
比重佔有率（約略）	80%（63-88）	20%（12-37）
男女比例	男女相同	女 70%-80%
成人：兒童比例		兒童 33%：成人 6.9%
症狀特徵	魚鱗狀表皮（Ichthyosis vulgaris） 掌上深紋（Palmar hyperlinearity） 較多金黃色葡萄球菌於表皮上（71%）	Dennie-Morgan 眼紋 沒有魚鱗狀表皮 沒有掌上深紋 沒有手腳掌濕疹 較少金黃色葡萄球菌於表皮上（49%） 較遲發作症狀較輕
皮膚防護層	鎖水份功能下降	鎖水份功能正常
	Filaggrin 基因異變	Filaggrin 基因正常
免疫特徵 Cytokine level	較高 IL-4，IL-5，IL-13（T helper type 2） 較高 Eosinophil count 嗜伊紅性白血球	較高 IFN-gamma（T helper type 1）
接觸敏感		金屬敏感較多（**注意汗會將體內金屬排出引發皮膚敏感濕疹**）
貼膚測試 Patch test		反應較多，如：塵蟎

- 小兒濕疹不一定有敏感
- 胡亂戒口未必會改善病情

敏感測試

到這裏，讀者應該會發現，小兒濕疹主要是一個臨床的診斷，但處理或預後，很多時要知道患者**有沒有真實的敏感問題**，引導治療方向，不用再靠猜測，或濫戒多種食物，有時甚至沒甚麼可吃。

人體過敏反應有四類（Type I-IV hypersensitivity），小兒濕疹敏感屬於第一或第四類，而其中第一類最常見。

第一類過敏（Type I Hypersensitivity）是患者對某致敏源（allergen）的 IgE 抗體升高，與致敏源有接觸時會令連接 IgE 的肥大細胞（mast cell）分解出化學物質，令身體（血壓下降、心跳加速、氣管收窄）或皮膚發生過敏反應（濕疹、風疹、痕癢）。

要找出甚麼致敏源引起症狀的常用檢測有三種：
1. 皮膚針刺測試（Skin Prick Test）
2. 特定致敏源 IgE 抗體血液檢測（Allergen-specific Ig E blood test）
3. 貼膚測試（Patch Test）

皮膚針刺測試
(Skin Prick Test)

先停止服用抗敏藥數天，於沒有患處的前臂內則或背部滴上特定致敏源，用一毫米長的針刺輕輕於致敏源水滴上刺入皮膚，等約十五分鐘檢閱反應（有時可能數小時才有反應）。

一般來説，如果某致敏源能比負對照（negative control，即沒有致敏源的水滴）有大於 3mm 脹紅痕反應，或有正對照（positive control，即 histamine 組織胺水滴）的 3/4 反應即確定屬實。再根據反應大小再分嚴重程度等級。

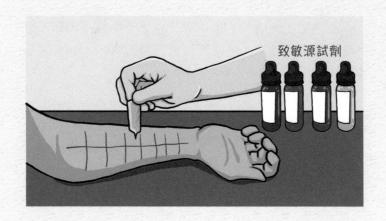

致敏源試劑

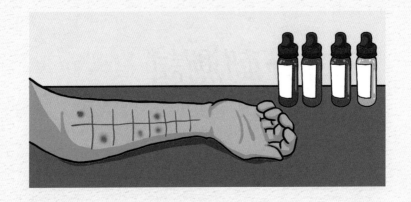

針刺測試的好處是簡單易用，結果快，成本不大，靈敏度（sensitivity）高，亦可根據患者需要隨意選擇致敏源組合。

針刺測試亦有限制，若患者必需服用抗敏藥、患處廣泛、年紀太小、測試手法不當，都會令結果不準確，另外亦不能同一時間測試太多致敏源。

因為靈敏度高，相對準確率（specificity）會下降，引起假陽性假陰性的結果。所以醫生只能憑經驗及臨床判斷皮膚針刺測試結果。通常脹紅痕反應越大，準確率才會越高。[59-62]

於 2008 年，香港中文大學兒科韓錦倫教授發表研究報告，於 90 名 18 歲以下大學兒科門診小兒疹患者作皮膚針刺測試，結果如下：[63]

平均：

環境類過敏：塵蟎（75%）、貓毛（24%）、蟑螂（22%）、狗毛（17%）

食物類過敏：蛋白（41%）、花生（37%）、魚（36%）、蛋黃（29%）、殼類海鮮（22%）、牛奶（12%）、牛肉（4%）

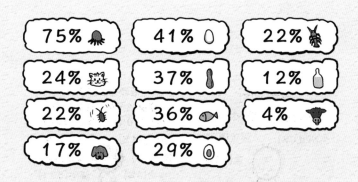

以上所見，很多人以為常與敏感有關係的殼類海鮮、牛奶、牛肉，只屬少數。

如果比較不同歲數：

其中小於一歲的嬰兒患者（10 人），只有塵蟎（10%）、蛋白（70%）、蛋黃（50%）、花生（20%）、魚（10%）、牛奶（10%）敏感。

其中較大食物反應（6-8 毫米）的只有花生（10%）及蛋黃（10%）。即是說，嬰兒患者大部份發病時很少有致敏源。

五歲後則分別很大（46 人）：塵蟎（93%）、貓毛（39%）、蟑螂（35%）、狗毛（30%）、蛋白（50%）、花生（39%）、魚（16%）、蛋黃（41%）、殼類海鮮（20%）、牛奶（18%）、牛肉（4%）敏感。

這個隨着年齡增多而致敏源增多，症狀亦可變得嚴重的觀察，亦印證了前文提出的過敏演進現象（Atopic March）。

理論上，要肯定對某致敏源有過敏，正式是要做「雙盲安慰劑比較測試」（Double blinded-placebo challenge），即於特定時限口服不同份量的致敏食物或安慰劑，來認定真正的食物過敏。這需要於有專門訓練醫護人員、有急救設備的醫院或專科中心進行。因為需要的人手、資源、時間極多，環境類致敏源也不能做，而且每次只能測試一種致敏源，在香港未有聽聞有可以做的地方。[64]

59　Clin Exp Allergy 2005; 35:1220-1226

60　PediatrAllergyImmunol2004:15:435-441

61　Pediatr Allergy Immunol 1998: 186-191

62　Clin & Exp allergy 1999 (30); 1540-1546

63　Acta Pædiatrica 2008 97, pp. 1734-1737

64　J Allergy Clin Immunol 2004;114:144-9

特定致敏源 IgE 抗體血液檢測

（Allergen-specific IgE blood test）

先停止服用抗敏藥數天，從患者身體抽取血液樣本到實驗室檢測特定致敏源於血液中的 IgE 濃度評估敏感程度，正常情況下一星期內會有結果。

通常特定致敏源分有環境類（如塵蟎、動物毛）及食物類（如海鮮、果仁、乳製品）。較大型先進的實驗室亦會提供特定的套餐組合以供選擇，以使費用降低，但如要額外加入患者指定的致敏源，當然要另外付費囉！

因為技術的進步及少了人為與患者因素的影響，現時的 IgE 抗體血液檢測已用酵素增幅化學光感信號技術（Enzyme-enhanced chemiluminescent signal detection），可測出低至 0.1KU/L 的 IgE 讀數，靈敏度及準確率比以前大大提升，作為臨床治療指引會有實質的幫助。[65, 66]

香港常用致敏源 IgE 檢測組合

環境過敏原	食物過敏原
貓毛皮屑	牛肉
狗毛皮屑	豬肉
嚙齒類家居寵物類	雞肉
天竺鼠皮屑	蝦
兔皮屑	龍蝦
倉鼠皮屑	鱈魚
鼠	小麥
老鼠	燕麥
塵蟎類	稻米
屋塵蟎蟲	馬鈴薯
粉塵蟎蟲	大豆
屋塵	花生
蟑螂	番茄
霉菌類	蜜瓜
點青霉菌屬	橙
芽枝孢霉	牛奶
曲霉菌屬	蛋白
念珠霉菌	蛋黃
交鍵孢屬	切德乳酪
樹木類	朱古力
橄欖樹	**麵包酵母**
柳樹	**堅果類**
松樹	花生
尤加利樹	榛子
相思樹	巴西胡桃
白油樹	杏仁
草類	椰子
普通豚草	**水果類**
艾草	奇異果
車前草	芒果
羊腿藜草	香蕉
滾草	菠蘿

跟皮膚針刺測試一樣，測出 IgE 並不代表與臨床症狀有關，尤其是數值偏低的致敏源 IgE，所以報告不要太死板去看。

簡單説，如果致敏源 IgE level 為 0，表示是可靠的非敏感類，而 level 3 以上的就極可能是真正過敏，level 1-2 那些便要臨床細心印證了。[67, 68]

香港中文大學兒科韓錦倫教授於 2011 年再發表了香港小兒濕疹患者的研究，測出患者血液中對十種常見食物類致敏源的 IgE 水平：蛋白、花生、魚、蝦、牛奶、牛肉、番茄、大豆、橙、小麥。[69]

結果發現 85 位平均約 12 歲的嚴重患者當中，有 28% 是完全沒有對這十種食物的 IgE 上升（內因類 Intrinsic type）。

而 IgE 有升高的順序如下：蝦（54%）、蛋白（43%）、小麥（42%）、花生（41%）、番茄（？）、大豆（？）、牛奶（？）、魚（？）、牛肉（18%）、橙（？）。

註：（？）報告中未有提及

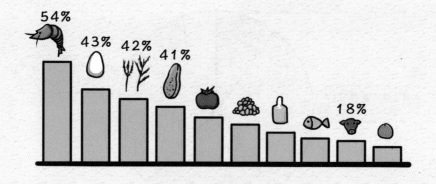

症狀越嚴重者，相對 IgE 升高的種類亦較多。而研究亦再次顯示歲數越大，IgE 上升種類亦逐漸增多。（又是過敏演進現象 Atopic March ！）

據本港栢立醫學化驗所（PATHLAB）統計，於 01/09/2016 - 31/8/2017 一年期間共 2,660 個 South China allergy IgE panel 的結果，在下面會用圖表顯示：

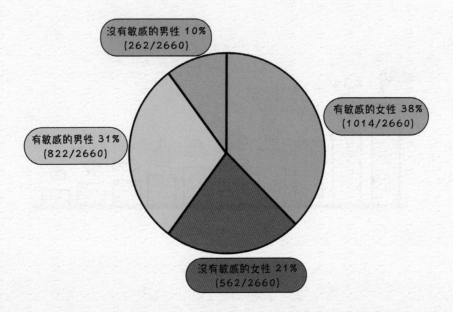

沒有敏感的男性 10%
(262/2660)

有敏感的女性 38%
(1014/2660)

有敏感的男性 31%
(822/2660)

沒有敏感的女性 21%
(562/2660)

整體顯示，化驗所一年內收到 2,660 個需要作敏感測試的檢驗，六成為女性，四成為男性，整體化驗出有不同程度 IgE 升高反應約佔七成。男性驗出有問題的佔 76%，女士 64%。

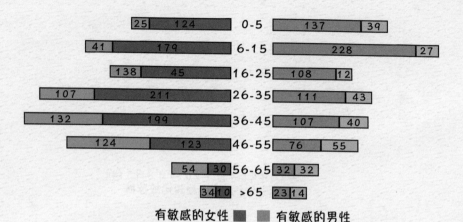

	0-5	6-15	16-25	26-35	36-45	46-55	56-65	>65
女	83.2	81.4	75.4	66.4	60.1	49.8	35.7	22.7
男	77.8	89.4	90	72.1	72.8	58	50.0	64.9

不同年齡性別得出有 IgE 升高百分比

從年齡和性別分佈觀察，尤其是女性，隨着年齡增長，檢測 IgE 升高的機會越小。這可能是因為隨着年紀變大，臨床上不同的敏感類型亦增加，或有其他奇難內外雜症會有類似皮膚敏感的表徵，需要醫生再仔細觀察及作其他不同化驗找出原因。

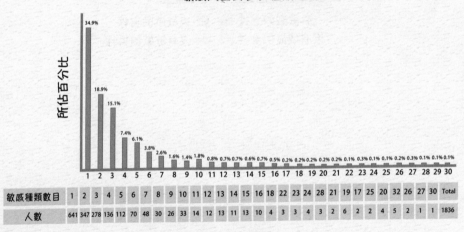

2016年9月1日 - 2017年8月31日
敏感人士對多少種類過敏數據

敏感種類數目	1	2	3	4	5	6	7	8	9	10	11	12	13	14	15	16	18	22	23	24	28	21	19	17	25	20	32	26	27	30	Total
人數	641	347	278	136	112	70	48	30	26	33	14	12	13	11	13	10	4	3	3	4	3	2	6	2	2	4	5	2	1	1	1836

上圖顯示，有約 1/3 人只有單一 IgE 升高反應，另有 1/3 人有 2-3 項，而 4-10 項的人佔 1/4，而餘下的 6% 有 11-30 項！

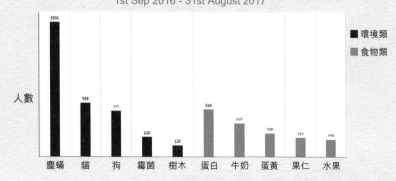

敏感人士頭五位有反應致敏原（環境類／食物類）
1st Sep 2016 - 31st August 2017

於 為 數 1,836 IgE 有 升 高 的 檢 測 中（男 822，女
1,014），首 五 位 有 塵 蟎（1,501，81.8%）、貓
（598，32.6%）、蛋 白（526，28.6%）、狗（511，
27.8%）、牛 奶（372，20.3%）。〔 註：加 起 超 過
100%，因為很多人有多種敏感〕**大眾常以為的致敏源：
魚蝦蟹、牛肉、花生等，十甲不入。**

但讀者要留意上述結果與中文大學韓教授的研究會有出
入，因為栢立醫學化驗所的統計是包括了從不同學科醫
生收集，假定臨床上有懷疑敏感病症的病人：包括風疹、
鼻敏感、哮喘、腸胃過敏、其他皮膚敏感等等，而不只
是小兒濕疹的患者，再加上圖表未有顯示 IgE 升高的輕
重程度，但是結果仍然有重要的參考作用。

65　J of Clinical Laboratory Analysis 31: e22047 (2017)

66　https://usa.healthcare.siemens.com/clinical-specialities/allergy/laboratorian-information

67　J Allergy Clin Immunol 2001;107:891-6

68　J Allergy Clin Immunol 2004;114:144-9

69　Pediatric Allergy and Immunology 22 (2011) 50-53

貼膚測試
(Patch Test)

把指定份量的致敏源貼於表面完好的皮膚上（通常背或手臂），於 48 及 72 小時後檢閱反應。能測出第一及第四類（接觸性皮膚炎）過敏，靈敏度較弱但準確率較高，適用於環境類致敏源或化學品、金屬（內因性濕疹較常見）等。

鑑於不同量、牌子、類型（如新鮮或加工食物）的試劑對測試結果很有影響，而商用的貼膚測試組合則注重第四類過敏反應（即多與工商職業護膚品有關），於小兒濕疹患者中較少用到。

有研究顯示 5-14 歲嚴重小兒濕疹患者有 26.8% 有此類接觸性皮膚炎，如手腳濕疹較嚴重者的則更多；另一個法國研究所得，137 個 16 歲以下患者中，有 43% 有接觸性皮膚炎敏感，包括：金屬（19.3%）、香料（4.4%）、羊脂（Lanolin）（4.4%）、防腐劑（3.6%）、秘魯香脂（2.6%）（Balsam of Peru）、抗生素 Neomycin（2.6%）及自己使用的保濕產品（2.6%）。因此醫生亦應建議嚴重患者考慮這個檢驗。[70-74]

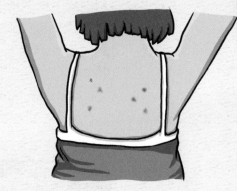

家長注意，據統計，只有 6% 左右的整體兒童有例如海產、奶製品、蛋類及果仁的敏感；小兒濕疹患者中約有 30% 有此問題（不包括環境類過敏）。所以不要沒根據地胡亂戒口。

當小孩二至五歲腸胃道發育完成，有部份蛋類、奶品及果仁過敏是會消失的。因此五歲前如非必要，亦不需心急做各種測試。[75-77]

在此更特別提醒小兒濕疹患者及家長，不要做所謂 IgG 的食物及環境類致敏源測試，它是沒有任何指引作用，甚至引起不少混亂和恐慌。為此香港過敏協會亦曾舉辦記者招待會解釋過，美國過敏哮喘免疫學會（American academy of allergy asthma and immunology）亦發過聲明，所以不要受騙及浪費金錢。[78-80]

- 敏感測試要正確選擇
- 測試報告要懂得解讀
- 敏感測試不必定期做
- 不要做 IgG 的敏感測試

70 Clinical and Experimental Dermatology, 25, 544±551

71 Allergy 2000: 55: 281±285

72 Allergy 1999, 54, 837±842

73 Acta Derm Venereol 2015; 95: 583-586

74 Contact Dermatitis, 1999, 40, 192±195

75 J Allergy Clin Immunol 2006 Feb S470

76 Post Grad Med J 2005;81:693

77 Proceedings of the Nutrition Society 2005;64:413

78 Hong Kong Med J 2017 Aug;23 (4): 419-20

79 http://www.hkmj.org/abstracts/v23n4/419.htm

80 https://www.aaaai.org/conditions-and-treatments/library/allergy-library/
    IgG-food-test

汗液敏感
(Sweat allergy)

很多時候小兒濕疹患者會發現天氣炎熱或運動後流汗，有機會令各種濕疹症狀加劇。除了汗水裏有各種鹽分礦物質刺激濕疹傷口外，亦有可能是患者對皮膚表面汗斑菌類（Malassezia globosa）的一種蛋白質分泌物過敏，引發嗜鹼性粒細胞（basophil）分泌組織胺（histamine），以致濕疹或膽鹼能性風疹（cholingergic urticaria）發作。[81]

現在雖然有研究朝着用自身汗液或汗斑菌類蛋白質，作脫敏治療的方向，但其實最簡單的就是，流汗後盡快淋浴或用濕毛巾抹清汗水，再塗上保濕用品便可以了。

千萬不要不做運動啊！

保濕

預防勝於治療

在還未進入討論治療方案前，應該有讀者（尤其是有濕疹的父母或家中有小兒濕疹孩子的家庭）會想問：「小兒濕疹可不可以預防呢？」

以下可以提供一些 YES and NO 給大家：

YES

- 於懷孕初期多進食多樣化及均衡食物有效減少嬰兒出現敏感問題。當然，孕婦已知的過敏食物千萬不要吃。[82]
- 以 14 個研究益生菌 Probiotics 預防小兒濕疹的報告分析，於懷孕期、哺乳期、初生嬰兒期服用主要 Lactobacillus 類益生菌，會減少病發率（RR 約 0.8）。[83]
- 高危家庭嬰兒出生後頭三個月只餵母乳能減少小兒濕疹出現（odds ratio 0.68）一般家庭則沒有這明顯的效果。可能是母乳能加強抵抗力、中和外界蛋白質、令腸胃較多益生菌等，世界衛生組織更建議能維持兩年更有其他好處。[84-87]

- 於高危嬰兒首一年內，如不能餵母乳，低敏水溶配方奶較牛奶配方少一半病發機會。水溶配方不比母乳優勝。而暫未有數據支持豆奶配方能預防小兒濕疹。[88, 89]

- Omega 3 能爭奪 Arachidonic acid 所需酵素，減少發炎分子 Prostaglandins 及 Leukotrienes，改善痕癢及脫皮症狀。於高危病例，懷孕期服用 Omega3 或魚油丸（含 n -3 Polyunsaturated fats [n-3 PUFAs]）有效減少嚴重小兒濕疹，但不能避免其病發。[90-92]

- 新生嬰兒於六個月大能進食固體食物後，首年定期進食魚類能有效減少各類敏感病症，包括哮喘、鼻敏感、小兒濕疹等及較少環境食物致敏源過敏，有效直至四歲。而首年能盡量多樣化地給予嬰兒不同的食物，亦有助減少日後各種敏感病症及食物過敏機會。[93, 94]

- 母乳中較多 Vitamin C 能減少小兒濕疹發病，Vitamin E 則不能。但 Vitamin E 能減少面紅、苔蘚症狀及痕癢。[95, 96]

- 有小兒濕疹、哮喘、鼻敏感的高危家庭，如果初生嬰兒從出生開始每天常用保濕潤膚，少用肥皂清潔，病發率由 30%-50% 下降至 15%-22%。[97]

NO

- 高危家庭孕婦懷孕期戒食常致敏食物對避免嬰兒患濕疹沒有明顯幫助，且容易令孕婦及胎兒營養不良。
- 哺乳期戒食常致敏食物能否減少病發，尚未有確認。（需更大研究證實）。[98]
- 對已發病患者來說，益生菌沒有明顯治療效果。[99]
- 在不同的研究，維他命 D 補充劑有着矛盾的結果，所以暫時不應建議孕婦或小童服用維他命 D 來減輕小兒濕疹的問題。[100]

總結

要預防小兒濕疹，高危家庭孕婦是不用戒口的（已知過敏除外），懷孕時盡量吸收多樣性食物，可考慮使用 Omega3，魚油丸（但不要太高維他命 A）及 Lactobacillus 類益生菌作補充至餵哺母乳期頭三個月，哺乳期間亦不需戒食常致敏食物，反而要多吸收多樣化及豐富維他命 C 食物，BB 出世只用溫水清潔及每天用合適保濕滋潤保護皮膚已經足夠，盡早嘗試不同的固體食物，多吃魚類，如非明顯過敏，不需要戒口。

以上預防方法不算複雜，實際操作亦很簡單，希望將患小兒濕疹機會盡量減低。

如果發現有懷疑症狀，應盡早詢問醫生，排除疑似小兒濕疹的其他皮膚問題加以護理，若診斷屬實，家長及患者亦不需要天像塌下來一樣。

首先患者或家長要問問自己，在應對小兒濕疹的經歷裏，有沒有遇到兩個名叫「**謬論**」和「**心魔**」的傢伙？

82　Allergy Clin. Immunol. 133, 1373-1382 (2014)

83　Epidemiology 2012;23: 402-414

84　J Am Acad Dermatol 2001;45:520-7

85　J Am Acad Dermatol 2001 45 520

86　Cochrane Database Syst Rev 2002 CD003517

87　http://s.fhs.gov.hk/yzuon

88　J Allergy Clin Immunol 2003 111 533

89　Cochrane Database Syst Rev 2004 CD003741

90　BJD 1987 117 463

91　Am J Clin Nutr 2003 77 943

92　J Allergy Clin Immunol 2003;112:1178-84

93　Allergy 2006: 61: 1009-1015

94　J Allergy Cli Immunol 2014;133:1056-64

95　Eur J Clin Nutr 2005 59 123

96　Int J Derm 2002 41 146

97　J Am Acad Dermatol. 2010 October; 63 (4): 587-593

98　Evid.-Based Child Health 9:2: 447-483 (2014)

99　Cochrane Database Syst Rev. 2008:CD006135

100　Expert Rev Clin Immunol. 2016 August; 12(8): 839-847

「謬論」和「心魔」
你和你的家人有遇上他們嗎？

要訂網上那個產品才可以

發出來便會好，忍一忍

傷口可以浸海水消毒

一定是遺傳引起，最衰是我

不抓自然好，不忍不成

濕疹即是有毒，排毒就好

醫生藥廠當然想你長期用藥

我不是長期病患，怎能定期塗藥

用藥仍然復發，用來幹嘛？

你只可以吃菜和豬肉

以毒攻毒一定得

戒口便會冇濕疹

酸水洗臉包冇衰

能量水醫百病

不要做流汗運動

敏感也要養貓狗但不想用藥

這個護膚品是濕疹專用

濕疹只是身體酸鹼不平衡

椰子油？馬油？蝸牛精華？

自家手製番梘最安全

要食 Raw food，所有加工的 No！

那個賣很貴，一定是好東西

開始用藥便永不超生

濕疹七日包清

藥定有三分毒

那個廣告說，七日可斷尾

不能斷尾還叫醫生！

長大後自然會好

是你的亞健康問題

自然，有機產品總好些

你爺爺嫲嫲年代也是這麼做啦

你要天然補充產品

不要相信牟取暴利的藥廠

西藥只是抑壓住，我幫你調理調理

維他命，你需要維他命

類固醇抗生素好恐怖

IgG 報告話我敏感到嚇死人

那種藥會致癌，不要用

網上網頁也說這樣那樣

你要戒口戒清多點

這個秘製藥丸一定幫到你

避開防腐劑、化學品、添加劑

新出的護膚品說一定 OK

用 XX 水沖涼便搞定

那個療法治療師幫過很多人

在外國買，那裏的人說很有效

你的磁氣場有問題需要糾正

隔籬 X 太說這個好

111

來！一齊學多些！知多些！趕走「謬論」和「心魔」！只要及早處理適當治療，不會很複雜，生活亦可以過得好好的！

活得好一點

大家要明白，現代醫學帶來的，無論治療甚麼疾病，都是以「延長有質素的生命」為目標，即是「**活得好一點，活得久一點**」。

醫生不是神仙，不能令人長生不老，或保證病好永不復發。只能教大家怎樣好好照顧身體，享受生命。

皮膚問題，很多時已有安全有效，副作用較少的方法去回復健康狀態。但和其他慢性器官病一樣，有些類別是要每日護理用藥，才能維持好有質素的正常生活。

很多時最最最大的問題，是家長或患者也不願意接受診斷、給予的藥物使用不足或甚至不用，亦未準備好孩子或自身需要長期藥物護理，怕被標籤為「長期病患」。

醫護人員亦只有很少有時間資源，去講解小兒濕疹問題本身是甚麼一回事、藥物特性及使用的方法，往往亦未能詳細解釋，間接令家長及患者要到處找遍所有聲稱「根治」秘方，藥石亂投，皮膚用品不斷轉換，耗盡心力，到頭來延誤病情至難以控制。

所以，希望這裏能一步一步引領有需要的人，正確並較深入了解小兒濕疹這個問題，明白各種治療及藥物特性，如何跟指示靈活安全運用及處理，起碼令自己變成半個專家，減少求診需要，與家人一同享受生活。

117

問、望、切、聞

「問」的重要

任何治療之前，問症是最重要的，先花點時間問清問楚。
想適當處理小兒濕疹（無論嬰兒以至長者），醫護必須
問長問短問清問楚。

隨着患者年齡不同，問題亦有所分別或加減：

嬰幼兒

- 懷孕期有沒有特別問題？
- 媽媽有沒有因為懷孕而戒口？
- 出生模式，例如開刀或順產

- 餵哺人奶或奶粉？
- 出生初期有沒有「頭泥」或脂溢性皮炎或其他健康問題？
- 主力照顧者，例如家庭傭工、父母親、祖父母或其他人
- 父母或家族裏有沒有皮膚問題或敏感病症？
- 濕疹病發時間和位置
- 當時處理方式：照顧者處理或看醫生，治療之藥物紀錄
- 因皮膚問題而要看醫生的次數、時間和處理
- 居住環境：例如與誰同房瞓、同床瞓或分開睡；有沒有寵物？
- 睡眠時間及質素（包括照顧者）
- 皮膚護理用品的種類及使用方法
- 清潔皮膚方法，如浸浴、淋浴、尿片種類、換片次數、濕紙巾、消毒劑等等。
- 令皮膚變差的因素：例如打預防針、發燒患病、天氣轉變等等。
- 照顧者對小兒濕疹的知識及藥物種類的理解或誤解
- 用藥的種類、使用的次數、塗抹的範圍
- 使用不同藥物後的治療反應
- 有沒有使用另類醫學治療
- 有沒有未做任何檢測而戒食不同食物（或曾經做過任何檢測）

已在學的話，加入詢問皮膚問題對學校生活的影響：

- 因病請假的次數
- 外觀問題影響社交活動
- 皮膚情況限制了課外活動的種類
- 睡眠不足引致學習障礙
- 皮膚問題惹來過份的關注及詢問（怕患者傳染他人）
- 以上種種對學童的情緒影響
- 患者對藥物種類及使用方法的知識或誤解

成年人的話，主要涉及：

- 工作表現及人際關係的問題
- 對生活嗜好活動的影響
- 皮膚病情變化與工作的關係（工種及接觸物料）
- 工作需要對皮膚的影響（如需要化妝或接觸化學物質）
- 對治療的期望或已感到絕望
- 不接受需要定期用藥物控制
- 一些根深蒂固的執念（例如要排毒，要根治，要純天然，藥物不可使用等等）
- 對已有的寵物過敏亦是常見的難題

上了年紀的長者，特別要留意：

- 身體不同病症及藥物對皮膚的影響
- 過往皮膚藥物對身體的影響
- 有沒有一些患處與以往的症狀不同、頑固及特別變化
  （要注意皮膚病變症狀）
- 患者的自理能力及家庭支援足不足夠
- 身體或皮膚問題對患者情緒及家人關係的影響

「望」的方法

問到口水乾後，一定要「望」。觀察患者神態，陪人家屬的關係（父母，家傭，祖父母），照顧者的態度，可以分辨誰人可以擔任治療者，加以解釋教導訓練各種治療方法的要點，增加成功機會。

醫生檢查時亦不要怕麻煩，最好從頭到腳，包括頭皮、指甲、陰暗位置。不要驟眼看到便說是濕疹患處，要留意皮膚乾燥情況、患處分佈、有否破損、有否感染、其他濕疹併發症、淋巴核脹大、小孩營養發育狀態，或過度使用藥物症狀（例如類固醇副作用）。

詳細的檢查，可給予醫生判斷，治療的緩急次序（例如首要治療感染部份），用藥量的多少，估計引發嚴重症狀的原因，及需要作進一步的適當檢驗。

「切」

這不是中醫裏的切脈,是皮膚患處有點不尋常的時候,做切片化驗,或其他所需的檢查:例如敏感測試、貼膚測試、種菌實驗等或抽血檢查有否其他內科疾病引發皮膚問題。

「聞」

皮膚診斷上,其實沒有甚麼好聞的,但嚴重的小兒濕疹患者,常見身上會發出一種氣味,顯示身上有很多傷口滲液、細菌或真菌問題,所以治療方向上,開始的時候亦需主力清除病菌。

一個耐心、良好互動的詳細問症及檢查,是患者及家人應有的期望,亦是日後治療互信的基石。

診症後的教育與輔導

這方面若果做得好，可以説，已經是成功的一半。

資訊不足、信心不夠、感到無助、害怕治療失敗或副作用等等，都會增加患者及家人的精神壓力，直接影響藥物正確使用及病情控制。[101]

若干的研究已經顯示，不同程度對患者及受影響家庭的教育及輔導，有效改善病情、減少用藥、減少非正統治療的嘗試、減少經濟負擔，增加生活質素。

視乎資源多少，負責教育與輔導的，當然包括醫生與護士，可以的話配合營養師，心理學家等等不同層面的專家，以一對一、小組或視像錄影模式去講解不同關於小兒濕疹範疇，包括：[102-104]

1. 簡單介紹基本小兒濕疹的醫學常識
2. 尋找及避免誘發因素
3. 自我放鬆的技巧
4. 精神緊張的管理
5. 應對痕癢及睡眠不好的情況
6. 日常護膚用品的選擇及使用

7. 怎樣靈活運用不同病情階段的藥物
8. 如何看待非正統治療
9. 注意小童營養及食物的選擇
10. 留意或檢測食物及環境過敏的問題
11. 在學業工作嗜好生活環境上，要作出怎樣的適應變化
12. 對以上種種範疇的理解或執行時的問題及困難

當然以上不是亦不能夠一次過解釋清楚，每個人的接收能力亦有限，醫生要就着不同人不同情況而調節需要灌輸的資料。或者每次着眼點三個方向至為重要：

- 明白處境（Understanding）
- 抱有同理心（Empathy）
- 賦予能力（Empowerment）

對很多患者或家屬而言，這個「教育與輔導」的理想，尤其是於公營診所那種衝鋒陷陣的緊迫時間下，恍似天方夜譚。但其實只要訓練一個專責護士或者醫療人員做這方面的支援，於首次診症輔導及其後一兩次的跟進，或一些心靈健康支持，對長遠的治療配合及效果有莫大的幫助。

由 2016 年開始，香港大學社會工作及社會行政學系聯同香港小童群益會及香港復康會，合作舉辦「童心同行」計劃。針對濕疹兒童及其家長之身心需要而設計為時 36 小時的全人非醫療訓練，目的為提升孩子自信心，學習表達及處理情緒；亦同時協助家長舒緩照顧壓力及學習照顧自己個人需要。證實參加者心理和精神健康的各個方面都有顯著改善。

計劃成果展示

兒童患者
顯著減少焦慮徵狀、皮膚痕癢、濕疹嚴重程度、濕疹廣泛程度、睡眠滋擾及擴闊對濕疹的看法

家長參加者
顯著減少抑鬱指數、壓力知覺、對孩子病情的精神迷茫感、執着程度及增加整體活力

2018 年「童心同行」開始進入第二期階段，希望日後有更多資源投入這方面的工作。[105-108]

教育與輔導

賦予能力

良好溝通

同理心

明白處境

101 J Psychosom Res 1987:31: 673-84

102 Pediatr Allergy Immunol 2002: 13: 84-90

103 BMJ 2006;332:933

104 Cochrane Database of Systematic Reviews 2014, Issue 1. Art. No.: CD004054

105 British Journal of Dermatology 2003: 149: 582-589

106 https://topick.hket.com/article/2056269

107 https://www.hku.hk/f/upload/17787/ 童心同行計劃新聞發佈會投影片 .pdf

108 https://learning.hku.hk/ibms/ 童心同行 - 第二期：濕疹兒童及其家長之親子訓 /?lang=zh-hant

如何清潔

浸浴或淋浴？其實沒所謂，喜歡就好。[109]

清潔的目的，是為了減少皮屑、乾涸的滲液、致敏源或刺激物，及令皮膚增加水份，最重要是**清潔後馬上塗上保濕用品**，以免水份揮發令皮膚乾燥。

千萬不要認為濕疹是因為衛生不好而過度洗刷清潔，或用上很多肥皂番梘，這會令皮膚上僅有的保護層更易流失，引起刺激及更加乾燥。

一般建議，是每天用溫水浸浴或淋浴五至十分鐘，使用非梘類、中性或低 pH 值且不含香料色素的清潔液，浴後輕輕用毛巾抹拭，令皮膚仍附有水份的情況下塗上保濕乳霜，鎖緊水份，又或立即塗上外用藥物，以增加均勻的吸收。

（**暫時沒有研究顯示**，酸性泉水、酸水或所謂硬水的柔軟劑對小兒濕疹病情有確切療效）

有些時候，小兒濕疹患者發作特別嚴重，身上遍佈傷口，每次清潔也是一場酷刑，非常痛楚。這種臨床情況，筆

者建議用油性清潔代用品（emollient 緩和劑）先塗滿全身數分鐘，才浸浴或淋浴，減少痛楚。而且事後的保濕用品或藥膏，也最好以油性為基礎，減少刺激。

個別患者特別容易有細菌感染（如金黃葡萄菌）的話，經醫生評估可考慮每星期數次用稀釋漂白水（Sodium hypochlorite 0.005%）浸浴，減少皮膚帶菌量及感染引發嚴重濕疹問題。[110, 111]

浴後保濕最重要

- 簡簡單單
- 舒舒服服
- 不要過份洗刷
- 能享受便最好

109　J Am Acad Dermatol. 2014 July; 71 (1): 116-132

110　Pediatrics 2009;123:e808-e814

111　Journal of Dermatology. 40 (11): 874-80, 2013 Nov.

保濕潤膚

皮膚乾燥是小兒濕疹其中一個最重要的症狀，導致表皮功能失去應有的保護作用。

保濕潤膚用品減少皮膚水份流失，預防乾燥，針對小兒濕疹的處理，已認可為首要建議使用（Grade A）及經多個科學研究證實有效（Level 1）的非藥用性治療。[112]

有保濕效果的常用成份包括：

緩和劑（Emollient）：	能夠潤滑及柔軟皮膚，例 如 glycol and glyceryl Stearate, soy sterols
保濕劑（Humectant）：	吸引及鎖緊水份，例如 glycerol, lactic acid, urea
封閉劑（Occlusive agent）：	避免水份揮發流失，例如 petrolatum, dimethicone, mineral oil

有效使用保濕潤膚用品能夠減少痕癢、發紅、乾裂及苔蘚化的症狀，以致有減少發炎及小兒濕疹的嚴重狀態，亦會減少整體使用藥物的份量及預防發作。於輕微濕疹

情況下，單單用保濕潤膚用品已經有足夠的治療效果。[113, 114]

前文預防發病的章節提及到：有小兒濕疹、哮喘、鼻敏感的高危家庭，如果初生嬰兒從出生開始每天常用保濕潤膚，少用肥皂清潔，病發率可以由 30%-50% 下降至 15-22%。[115]

保濕潤膚用品的使用量及次數，沒有公認的指引，原則是感覺乾燥便可以使用，而每次洗澡後馬上塗上保濕潤膚用品，效果會更加好。

而根據載體（Vehicle）的不同，維持的效果及使用後的感覺亦因人而異，大家可**根據個人舒適喜好選擇**，但不要變換太頻密。

一般載體常見有：啫喱（gel）、乳液（lotion）、乳霜（cream）、油劑（ointment）（液態或固態）、糊狀（paste）等等。

乳化產品意思是油性成份用乳化劑 emulsifier 混入水溶成份，成份比例不同，黏稠度便會不同。

啫喱乳液水份含量較高，用後感覺清爽，但水份容易揮發，令皮膚較容易再度乾燥。

乳霜相對來説，保水功能好，亦容易使用，一年四季也適合。

油劑補水能力較持久，防腐成份亦較少，但總會有一些油膩的感覺，穿着某些衣物時亦有些不方便。

糊狀一般用於物理性防曬用品，少用於保濕產品。

簡單建議，就是**白天或夏季**可以用乳液或乳霜，**晚上及乾燥冬季**可以用乳霜或半固態的油性保濕產品。

若果情況嚴重皮膚**傷口很多的話**，使用油性清潔液及油劑保濕可以減少洗澡及含水份用品帶來的刺激痛楚。

112   Austin J Allergy. 2015; 2 (1): 1018,

113   J Am Acad Dermatol 2014;71:116-32

114   J Eur Acad Dermatol Venereol. 2014; 28: 1456-1462.

115   J Am Acad Dermatol. 2010 October; 63 (4): 587-593

保濕成份

2003 年美國 FDA 列出了 19 種有保護皮膚功效的成份，以下給大家作參考 [116]

Allantoin, Aluminum hydroxide gel, Calamine, Cocoa butter, Cod liver oil, Colloidal oatmeal, Dimethicone, Glycerin, Hard fat, Kaolin, Lanolin, Mineral Oil, Petrolatum, Sodium bicarbonate, Topical starch, White petrolatum, Zinc acetate, Zinc carbonate, Zinc oxide（2017 年有作修訂）

保濕潤膚用品的常用成份，亦可以分成：

第一代 —— 吸濕及封閉性，（過度使用，如糊狀 paste，可能令皮膚浸漬發霉）

例如：Vaseline, paraffin oil, lanoline, fatty acids, fatty alcohols, octyldodecanol，hexyldecanol, isostearyl alcohol, stearic, isostearic, oleic palmitic acids, glycosaminoglycans, hyaluronic acid, chitosan, collagen, xanthan gums

第二代 —— 保濕劑，令皮膚回復保護屏障及水份

例如：glycerol, sorbitol, urea, ammonium lactate, polyethylene glycol, NMF; carboxylic pyrrolidonate, L-isoleucine.

第三代 —— 仿效皮膚成份，有助表皮細胞正常分化，維持角質細胞緊密連接

例　如：ceramides, cholesterol, omega-3, omega-6 polyunsaturated fatty acids

另外一些較新型的保濕潤膚用品，以近乎皮膚成份結構比例研發，加入例如 palmitoylethanolamide（PEA）, glycyrrhetinic acid, hydrolipids 獲得美國 FDA 界定為處方保濕潤膚產品 510（k）類別，價錢較高，但能包括在保險保障範圍。

當然有資料證實這些新產品有改善小兒濕疹的功效，但有研究用平常的保濕潤膚用品作比較，這個類別似乎未有特別額外的好處，若資源充足，也不妨一試。[117-119]

保濕產品的選擇

- 選擇一種自己喜愛舒服的產品
- 不要受引誘或介紹而經常轉換
- 別期望保濕產品有明顯治療效果
- 需要不同藥物的配合才會更好

116　https://www.accessdata.fda.gov/scripts/cdrh/cfdocs/cfcfr/CFRSearch.cfm?CFRPart=347&showFR=1

117　J Eur Acad Dermatol Venereol. 2008; 22:73-2

118　J Cosmet Dermatol 2009;8:40-3

119　J Drugs Dermatol 2011;10:531-7.

保濕潤膚用品
—— Aqueous Cream B.P. 與 Emulsifying Ointment

在這裏討論一下兩種經常見到（尤其是公營醫院及診所）的保濕潤膚用品。

Aqueous Cream B.P.

Aqueous Cream B.P. 本身是一種非專利的緩和劑配方，初期只是用於洗滌清潔類產品，**原本不是用來留於皮膚上作潤膚用途**，後來不知為甚麼漸漸成為最廣泛處方的保濕潤膚用品。

因為是非專利，所以有能力的護膚品或藥廠製造商也可以大量製造，只要有三種成份：1）Emulsifying Ointment；2）Phenoxyethanol；3）水，便可以叫 Aqueous Cream B.P. 配方，成本低，價錢便宜。[120]

其中 Emulsifying Ointment 俗稱豬油膏（其實沒有豬成份），通常是用 Emulsifying Wax（Cetearyl alcohol/Cetostearyl alcohol）加入 Sodium lauryl sulfate（SLS）製成。[121, 122]

136

Sodium lauryl sulfate（SLS）是一種表面活化劑（surfactant），能令油性產品可以混合到水溶性產品，好像洗潔精一樣。而 SLS 本身，是已知對皮膚造成刺激不適的成份，如用於停留在皮膚上的產品，很有可能對皮膚有不良影響。[123, 124]

另外，Aqueous Cream B.P. 中的防腐劑 Phenoxyethanol 亦是有機會令皮膚過敏的成份。[125, 126]

於 2004 年，英國 Sheffield 兒童醫院皮膚部門作出統計，用 Aqueous Cream B.P. 的患者中，有 56% 會有即時刺激不適感覺，包括灼熱、痕癢、刺痛及發紅；而用其他保濕潤膚產品的患者，只有 17.8% 患者有上述問題，分別明顯。[127]

在 2007 年尾，英國 NICE（National Institute for Health and Care Excellence）作出指引，Aqueous cream B.P. 不應用作停留於皮膚上的護膚用品。[128]

後來亦有不同研究證實 Aqueous cream B.P. 會令皮膚加速水份流失、蛋白酶（Protease）增多、令角質層變薄及防禦功能下降。[129-131]

2013 年 3 月 27 日英國藥物及健康產品監管部門（MHRA）發出關於 Aqueous cream B.P. 安全更新，內容大致上建議：

- Aqueous cream B.P. 適合用於作為清潔皮膚的用品。
- 如用作保濕潤膚，醫護人員需要解釋給患者或家人知道，使用的風險，如有刺激不適感覺，包括灼熱、痕癢、刺痛及發紅，應停止使用，然後揀選一些沒有 SLS 的配方。
- 製造商亦需要於標籤上註明含有 SLS 成份，對使用者有可能引起刺激的反應。[132]

在香港，公營診所或醫院一般都是採用投標的採購方法，所以有時使用的牌子、容器及容量亦會有所不同。

撰寫本書的期間，筆者從不同渠道收集到三種公營處方 Aqueous cream B.P.（04/2018），其中兩種有標明含有 SLS 成份，第三種沒有標示但經查詢後亦證實含有 SLS。

於本港，護膚產品是不需要列明所有成份的，似乎亦不需要依據英國的指引作出警告。

所以如果有患者正在使用 Aqueous cream B.P. 而覺得不舒服，或控制上有困難的話，可考慮轉用沒有 SLS 成份的保濕潤膚產品。

Emulsifying Ointment
（俗稱豬油膏）

Emulsifying Ointment（俗稱豬油膏），亦是公營機構非常普遍處方的保濕用品，是用 Emulsifying Wax（Cetearyl alcohol/Cetostearyl alcohol）加入 SLS，及或有軟性石蠟（Paraffin）、礦物油（mineral oil）、礦脂（petroleum jelly）等製成。

市面上應該是有不含 SLS 的 Emulsifying wax，但因為本港法例不需要列明所有成份，所以用者想知道有沒有 SLS 是比較困難。[133]

理論上油類潤膚用品保濕性能較好，亦較少防腐劑成份。豬油膏適合皮膚嚴重乾燥的患者，或冬天天氣濕度低時使用。

但是臨床上不少患者或家人反映，使用豬油膏感覺太黏答答，穿衣不方便或容易弄污衣物，因而比較固態難以使用。

筆者建議豬油膏只於晚上使用，不要用太名貴的睡衣或床品，亦可以加入少量 BB 油（約 1 比 10 至 20）令豬

油膏軟化便能容易塗抹於皮膚上。（不要放入微波爐弄溶，因為很難把握時間及容易灼傷）

另外，有醫護人員建議用豬油膏作清潔用途，實際操作時其實是挺困難的，豬油膏很難抹開及不溶於水，亦有滑倒的風險。

最後，如用豬油膏作潤膚而感覺有刺激不適的話，可能是因為當中有 SLS 引起皮膚反應，醫生便應考慮患者選擇其他保濕潤膚用品。

120 https://www.medicines.org.uk/emc/product/4820/smpc

121 https://www.medicines.org.uk/emc/product/4571/smpc

122 https://skinchakra.eu/blog/archives/502-Whats-the-matter-with-emulsifying-wax.html

123 BJD 2001; 145:704-8

124 Contact Dermatitis 2001; 44:229-4

125 Contact Dermatitis. 1984 Sep;11(3):187

126 Contact Dermatitis. 2011 65, 167-174

127 Br J Dermatol 2004; 151 (Suppl. 68): 57-8

128 https://www.nice.org.uk/guidance/cg57

129 BJD 2010 163, pp954-958

130 BJD 2011 164, pp1304-1310

131 BJD 2011 165, pp329-334

132 http://www.mhra.gov.uk/home/groups/s-par/documents/websiteresources/con512958.pdf

133 https://skinchakra.eu/blog/archives/502-Whats-the-matter-with-emulsifying-wax.html

如何選擇保濕潤膚品

選擇保濕潤膚用品的品牌時，要點是：

容易購買——那些只可網上訂購，要拜託朋友到外地購買，或要山長水遠到指定地點才有的用品，絕對不是好選擇。

簡單易用——有一些產品銷售會把類型細分：面部用的、身體用的、手腳用的、眼用的（再分上眼皮和下眼皮用的）、早上用的、晚間用的……這類亦可以忘記。

不需要太昂貴——聲稱有很多珍貴罕見成份，包裝精美，容量少價錢貴的產品，不可能用於需要長期大面積的使用。

成份簡單安全——避免有太多香料色素、防腐劑或容易致敏成份的產品。

容易購買
簡單易用
不需昂貴
成份安全

保濕潤膚用品的用量

那到底需要塗多少份量的保濕潤膚用品才叫足夠呢？如**早晚一次，全身均勻塗上**的用量來計算（後面的章節會教大家怎樣用手指頭單位計算）：[134]

三個月大嬰兒： 每日 8 克，一星期 56 克
12 歲小童： 每日 36 克，一星期 250 克
成人： 每日 75 克，一星期 500 克（看到實在有點「冏」）

每星期

56克　　250克　　500克

保濕潤膚是小兒濕疹患者最重要及最需要的環節，有助舒緩症狀、預防復發及減少藥物使用量的功能。

但大家不要以為只需保濕潤膚便當作治療方案的全部，也不要對那些聲稱有特別功效的產品抱有過高期望。就好像我們每天要吃飯，但只吃飯是不可能的，還需要其他營養（其他治療手段）才會有健康的身體及皮膚，擁有愉快的生活。

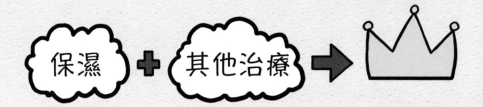

天然、有機、無加添？

有些人可能會覺得，必須要買到沒有防腐劑的產品使用，其實是不一定的。

要知道有保質期的產品，便需要有某些成份（可以是非防腐劑類）去穩定產品的質素，避免變質或微生物污染，相對地確保產品的使用安全。

一些標榜沒有防腐劑的產品，或多或少一定會有相應的化合物去減少微生物或氧化過程。例如：pentylene glycol, hexanediol, sodium anisate, thymol, salicylic acid, sodium levulinate, glyceryl caprylate, lactobacillus ferment, cocos nucifera fruit extract, caprylyl glycol, methylpropanediol, phenethyl alcohol, phenylpropanol 等等。

然而一些於家中或工作坊的自家製的產品，以為天然和安全。但除了成份不明，過程及品質更容易引起細菌微生物滋生，影響皮膚健康。

以下是一個德國研究市面上三千多種外用產品的防腐劑對大眾致敏率（由小到大）供大家參考選擇 [135]

- 防腐劑應改名作產品穩定劑
- 適當使用反而令產品更加安全
- 天然、有機、無加添產品不一定更好或皮膚所需

phenoxyethanol < benzyl alcohol < **parabens** < sorbates < benzoates < formaldehyde-releasers < methylisothiazolinone（MI） < iodopropynyl butylcarbamate < methylchloroisothiazolinone/MI < 2-bromo-2-nitropropane-1, 3-diol

為人較熟悉的 parabens，其實只是有約 1.18% 的致敏機會。

147

因此，大家也不要太在意所謂「有機產品」、「無添加物」、「純天然」、「某某國家品牌」、「敏感皮膚適用」那些推銷字眼，亦不要隨便試用「贈品」。

如果對使用的產品或成份有懷疑，應諮詢醫生或考慮作貼膚敏感測試。

從選擇要點，根據自己個人喜好，使用感覺舒適的保濕潤膚用品就好。

外用類固醇藥膏 *136*

一聽到醫生會處方「類固醇」，很多人都會好像見鬼一樣，甚至醫護人員亦不例外。的確，大家耳濡目染傳媒或街坊親友提及類固醇的負面報道太多，都想敬而遠之。

自 50 年代發明以來，**外用類固醇**已成為醫生診治皮膚病是最常處方的外用藥之一。它用途非常廣泛，凡關乎痕癢（濕疹、風疹）、免疫系統病變（斑禿、皮膚狼瘡）、非感染性炎症（牛皮癬、扁平苔蘚）、各種敏感等等，都有治療效用。137-139

近半個世紀，外用類固醇便成為治療小兒濕疹的主要手段，但亦因為使用不當的情況越來越普遍，而市面上也沒有其他能代替他的藥物，長期使用者亦發覺其功效漸

漸下降,變得要越用越多,越用越強,引致副作用的發生無可避免,負面的消息及案例越來越多,再加上很多人會把外用及口服類固醇的副作用混為一談,「類固醇」的負面印象便深深打入大家心中。

其實外用或內服類固醇是醫學界重要的藥物,幫助過無數有需要的病人。**識用可以好好用**。只要對類固醇有多一點正確認識及使用方法,便可達致理想安全效果。

類固醇(Corticosteroid),正名是「皮質類固醇」,骨幹結構由 17 個碳原子以三個六環及一個五環組成(如圖),亦可分成糖質類固醇(Glucocorticoid)及鹽質類固醇(Mineralocorticoid),是每天我們人體中自己腎上腺製造,不可或缺的內分泌荷爾蒙,以維持身體平衡健康。

第一種人造類固醇（Cortisone）於 1950 年代發明，隨後，不同的內服或外用類固醇相繼被製造應用，因應分支組合的分子或位置不同，便會有不同的功能及強度差別。

類固醇的醫療用途主要針對四方面：[140]
抗衡發炎病變（Anti-inflammation）
抑制免疫力（Immunosuppression）
減少增生活動（Anti-proliferation）
令血管收縮（Vasoconstriction）

第四項令血管收縮的功能，主要是用來評估外用類固醇的強弱分別。

類固醇的功能機制，是透過結合細胞內的類固醇受體（G-Receptor），再進入細胞核內，影響遺傳物質 DNA 的解讀，減少製造發炎因子、組織胺，減少引發發炎或免疫細胞數量（嗜酸細胞、T 淋巴細胞、肥大細胞、樹突細胞），亦減少表皮或內皮細胞的滲漏，阻礙發炎位置引誘不同發炎細胞到達患處的連鎖反應。

另外，外用類固醇亦有減少蛋白質製造、細胞增長，及令血管收縮的功能，從而減少發炎，及皮膚增生（如牛皮癬）的病變。[141]

類固醇

細胞膜

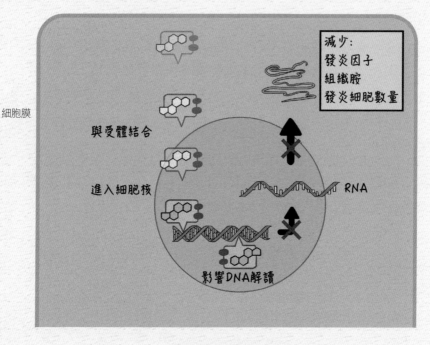

減少:
發炎因子
組織胺
發炎細胞數量

與受體結合

進入細胞核

RNA

影響DNA解讀

類固醇作用

引起發炎細胞

↓細胞數目
↓細胞因子

嗜血性細胞
T 淋巴細胞
肥大細胞
巨噬細胞
樹突細胞

受影響細胞

表皮細胞 ↓細胞因子誘導物
內皮細胞 ↓滲漏
滑肉肌細胞細胞因子↓
分泌腺體 ↓減少分泌

136   J Am Acad Dermatol. 2014 July ; 71(1): 116-132

137   Am J Clin Derm 2002 3(3)141

138   J Am Acad Derm 1996 35:615

139   West J Med 1995 162:123

140   DOI 10.1007/978-981-10-4609-4_2 2017

141   Am J Clin Dermatol 2002; 3(1): 47-58

外用類固醇強弱分類

在這裏會教大家，如何安全正確使用外用類固醇藥膏。

當小兒濕疹患者**已經做好定期保濕潤膚，避免接觸已知的致敏源**，仍是**發作**濕疹症狀，影響生活的話，便應該考慮使用外用類固醇。

首先，我們要認識外用類固醇的強弱可分為七級，下圖展示**香港常見的外用類固醇**成份名稱及所屬強度：[142-145]

相對強度級數	成份名稱	%	載體
I . 超強	加強 Betamethasone dipropionate	0.05	油劑
	Clobetasol propionate	0.05	乳霜、泡沫、油劑
II . 強	加強 Betamethasone dipropionate	0.05	乳霜
	Betamethasone dipropionate	0.05	乳液、乳霜、泡沫、油劑
	Fluocinonide	0.05	乳液、乳霜、泡沫、油劑
	Mometasone furoate	0.1	油劑
	Triamcinolone acetonide	0.5	乳霜、油劑
	Diflucortolone valerate	0.1	油劑
III . 中強	Clobetasone butyrate	0.05	乳霜
	Halometasone monohydrate	0.05	乳霜
	Hydrocortisone aceponate	0.127	乳霜
	Methylprednisolone aceponate	0.1	乳霜、油劑
	Diflucortolone valerate	0.1	油劑
	Betamethasone valerate:	0.1	油劑

相對強度級數	成份名稱	%	載體
IV . 中	Fluocinolone acetonide	0.025	油劑
	Mometasone furoate	0.1	乳霜
	Triamcinolone acetonide	0.1	乳霜、油劑
V . 中低	Hydrocortisone valerate	0.2	乳霜、油劑
	Betamethasone valerate	0.1	乳液、乳霜
	Fluticasone propionate	0.05	乳霜
	Fluocinolone acetonide	0.025	乳霜
VI . 低	Desonide	0.05	乳液、乳霜、泡沫、油劑
	Fluocinolone acetonide	0.01	乳液、乳霜
VII . 超低	Dexamethasone	0.1	乳霜
	Hydrocortisone	0.25, 0.5, 1	乳液、乳霜、泡沫、油劑
	Hydrocortisone acetate	0.5 - 1	乳霜、油劑

載體對輔助外用藥強度的影響，以下可作參考：

強 油劑 > 乳霜 > 乳液 > 啫喱 > 泡沫 / 噴劑 **弱**

強弱度的差距：¹⁴⁶

假設常用於嬰兒而可於藥房不需要處方自行購買的
1% Hydrocortisone 乳霜，強度是 1 的話：

超低強度　=　x 1（1% Hydrocortisone 乳霜）
中強度　　=　x 2-25
強度　　　=　x 100-150
超強度　　=　x 600！！！

超低強度

中強度

超強

強度

大家不要小覷外用類固醇強度的影響，例如説：使用超強 Clobetasol propionate 每星期多於 14 克，或強力 Betamethasone dipropionate 每星期多於 50 克，已經足以影響我們的腎上腺內分泌功能。[147]

所以千萬不要在藥房隨便購買！（藥房也不要隨便賣！）

142   MIMS HK 154th Edition 2018 Iss 2 p.386-390
143   Clinical Pediatric Dermatology. St. Louis， MO: Elsevier Inc; 2011 chapter 3, p.49
144   http://apps.who.int/medicinedocs/en/d/Jh2918e/32.html
145   http://www.globalrph.com/corticosteroids_topical2.htm
146   https://www.dermnetnz.org/topics/topical-steroid/
147   J Invest Dermatol 1965; 45: 347-55

外用類固醇應用部位

簡單分別，級數不同通常應用於不同部位：

級別	適用於
輕	嬰兒、小童、面部
中	小童、成人面部或曲摺位
強	成人身體四肢
超強	只限局部成人身體四肢

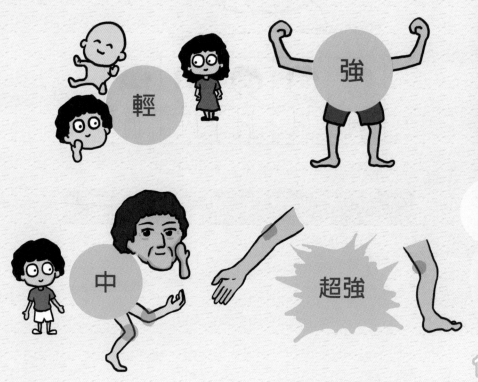

157

用多少才算正確？

關於份量，很多患者或家長都因害怕而用量過少，以致達不到預期成效，其實臨床有一個非常易用的「手指頭單位」（fingertip unit）指引可供參考：一個成人手指頭份量的藥膏大概可塗於兩個成人手掌面積的患處。

嬰兒或小童可以根據下表作參考。

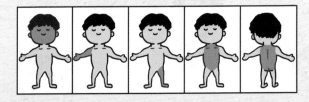

不同年齡兒童部位所需要的手指頭單位 [148]

年齡	面頸	手臂	腳	身	背
	手指頭單位				
3-6 月	1	1	1.5	1	1.5
1-2 歲	1.5	1.5	2	2	3
3-5 歲	1.5	2	3	3	3.5
6-10 歲	2	2.5	4.5	3.5	5

醫生考慮使用不同外用類固醇的因素包括有：病者年齡、病變、病歷、價錢、患者喜好去選擇最適當的強度級數、載體及治療時期等。

一般級數強或以下的外用類固醇，於連續使用於同一位置少於四星期的話，很少有副作用產生。

而對症下藥情況下，一般每天一至兩次的使用，**應該於兩星期內令患處病情好轉，再跟醫生指示逐漸減少強度或次數**，避免反彈現象（rebound phenomenon）。

皮膚得到改善後，視乎情況醫生可以考慮與患者或家長商量，**採取主動性治療**（Proactive treatment），即是於已經好轉但經常發作的地方，例如面頸手腳摺位，主動地每星期兩至三次塗上強度較弱的外用類固醇，以維持效果，預防復發。另外亦可考慮使用非類固醇類，鈣調磷酸酶抑制劑 Calcineurin inhibitors（下章節會提及），作主動預防性治療。[149]

MON	TUE	WED	THUR	FRI	SAT	SUN

如果病情於兩星期內不見好轉，醫生便應詢問藥物有否正確使用，或考慮其他因素例如細菌霉菌感染、曾經接觸致敏源，甚至較少見的外用類固醇敏感症等。

使用任何藥物前，醫生應詳細解釋使用的原因，藥物的作用及注意的地方，理解患者或家長對藥物的誤解或恐懼，給予輔導及正確安全使用知識。[150]

- 認識外用類固醇強弱、應用部位、用量、時間
- 用藥適時加減，明白有效時間
- 與其他藥物靈活運用
- 亦要了解甚麼情況應該找醫生

148   BJD 1998 138;293

149   J Am Acad Dermatol 2006;54:1-15

150   BJD 2000 142; 931

混合型外用
類固醇藥物

在這裏，想提提大家，市面上有不同類型的外用類固醇藥膏，**混合了不同成份的抗生素或抗真菌藥**，以方便使用（尤其是在**不確切診斷**的情況下，即**所謂大包圍治療**）。

這類外用藥，在已登記的香港藥物名冊中，已有 20 種，當中有不同強度的外用類固醇，混合的藥物常見有：[151]

抗細菌：neomycin, fusidic acid, gentamicin, salicylate acid, chlorquinaldol.

抗真菌：clotrimazole, miconazole, nystatin, isoconazole.

使用此類混合型藥物，就像用雙刃劍，是有一定風險的：
如果患處是有感染的話，類固醇成份會抑壓免疫系統，
助長細菌真菌滋生；如果是純粹過敏或濕疹問題的話，
使用額外的抗菌藥或會引起日後細菌或真菌抗藥性及接
觸性皮膚炎的風險；[152-154]

由於類固醇強弱的不同，抗菌的需要治療時間亦不同，
此類藥物會令**患處的外觀變化不能真實反映病情的進
展**，臨床上便會出現很多治療時間過短或過長的問題，
而本身皮膚的病症便會有機會更加容易複雜反覆，「手
尾」反而更長。

- 最好還是醫生能確實診斷
- 掌握使用不同成份的次序及時間
- 才能減少藥量過多或其他風險
- 患者及家屬不應胡亂購買藥物使用
- 藥房也不應胡亂推介及售賣

因此確切的診斷至為重要，從而可以避免使用這種混合型藥物。

患者或家長很多時候，會從不同渠道得到的不同外用藥物，使用前最好清楚知道其中成份，有疑問或困難時要向主診醫生討論，及接受適當治療。

151　MIMS HK 154th Edition 2018 Iss 2 p.384-386
152　J Am Acad Derm 2008;58 p 1-21
153　BJD 146(6) :1047-51, 2002 Jun
154　Allergy 2008: 63: 941-950.

外用類固醇副作用的發生及處理

的確，臨床上不時有些病人因為不同理由，長期不正確使用過量過重外用類固醇，致使皮膚出現很多副作用，治療特別困難棘手。

常見不當使用外用類固醇的原因有：

- 因其止痕、退紅、消炎、減少粒粒等特別有效，便到藥房自行購買，「當它是寶，甚麼都塗」
- 藥房濫售特強外用類固醇，還夾雜不同抗菌成份，令病徵更奇怪，複雜難辨
- 患者經常轉醫生，醫生於沒有以往藥史下重複處方不同外用類固醇，容易越用越重
- 親友以「手信」及「關心」形式從家裏國內不同渠道帶不明成份之藥膏給患者不斷使用
- 使用醫生的強效成份於較脆弱位置如臉頸、兒童皮膚等
- 敏感人士不對症下藥找致敏源卻選擇長期使用外用類固醇

長期不當使用外用類固醇的症狀有：[155]

- 皮膚越來越紅變薄，微絲血管增生
- 誘發玫瑰痤瘡、暗瘡症狀
- 增加接觸性皮膚炎的機會（例如藥膏裏混雜的抗生素或抗真菌成份）
- 膚色又深又淺，表皮萎縮，體毛疏落或增多
- 容易感染病菌及加速蔓延，紅腫痛破損出水等
- 眼部附近患處會更加引致白內障或青光眼風險
- 感覺加倍痕癢、痛楚、「用甚麼也不舒服」
- 問題越來越難控制，停藥反彈越厲害，使患者更加「塗多些才成」

另外，有少數患者會對使用的外用類固醇會有過敏反應（0.2%-5%），要發現這個問題非常困難，主要是靠觀察患者使用藥物的效果、症狀的反覆程度、和主診醫生的警覺性及對使用藥物成份的充份了解，才有機會察覺。

要處理這堆副作用十分困難，需要較長時間，耐心忍耐，
就像戒甩毒癮一樣：

- 先治理感染部份，口服抗生素，抗真菌藥、抗病毒藥
  等，初期皮膚症狀有可能變差
- 用柔軟劑清潔，及多次使用溫和長效保濕劑，保護皮
  膚免受外來刺激
- 以不含類固醇軟膏如 Urea Cream 止痕，但其效果不
  如類固醇，只是「止吓咳、頂吓癮」
- 口服長短效抗組織胺減少痕癢、避免抓搲及幫助睡眠
- 作適當抽血或貼膚敏感測試，找出及避開致敏源
- 可考慮外用鈣調磷酸酶抑制劑如 Tacrolimus/
  Pimecrolimus 作代替
- 如必要時可用低強度類固醇如緩解症狀，就像美沙酮
  戒毒般，逐步減少用量

167

要知道以上治療是一個漫長（數個月以上）而不舒服的過程，患者要充份明白箇中意義及有堅強意志才有理想結果。

另外希望有更多公共渠道加強醫護、市民、藥業人士對各種外用類固醇的正確使用、利弊資訊及售賣操守，達到安心安全有效的治療目標。

政府及醫學院應該：

- 加強醫學生及前線醫護人員對使用外用類固醇的認識和使用方法
- 訓練他們警覺及早發現副作用症狀
- 教育公眾減少對外用類固醇的疑慮

155　Am J Clin Dermatol 2002; 3(1): 47-58

外用鈣調磷酸酶抑制劑

（Topical Calcineurin Inhibitors（TCI）

用了半個世紀外用類固醇，於 2000 年，醫學界終於有新的選擇：兩種外用鈣調磷酸酶抑制劑（Tacrolimus 0.03% / 0.1% 和 Pimercrolimus 1%）。

先從藥物歷史説起，TCI 是一種重要的抗免疫系統排斥藥，比較為人熟悉的是環孢素（Cyclosporine A），用來控制器官移植後的排斥問題。

1984 年，Tacrolimus（原名：FK506）於日本築波山上的一類細菌 Streptomyces tsukubaensis 中分隔出來，功效比環胞素強 10 至 100 倍，於 1989 年口服藥首次用於器官移植病人身上。

後來另一種 TCI：Pimercrolimus，於諾華藥廠實驗室培養的 Streptomyces hygroscopicus 細菌中發現。[156]

外用的 Tacrolimus 和 Pimercrolimus 先後在 2000 及 2001 年獲得批准上市，因為沒有外用類固醇的大多數副作用，為小兒濕疹的治療帶來新的希望和方向。

TCI 的作用機制

於細胞內，TCI 會結合特定蛋白，壓抑鈣調磷酸酶的運作，阻止 NFATc（nuclear factor of activated T cell cytoplasmic）分子激活，令 T 細胞核心 DNA 的解讀活動減少，制止發炎細胞因子的產生，減少 T 細胞自我增

生。TCI 亦會避免肥大細胞及中性白血球激活分泌發炎
物質，Tacrolimus 更加能影響嗜酸和嗜鹼細胞，朗格漢
斯細胞的活動功能。

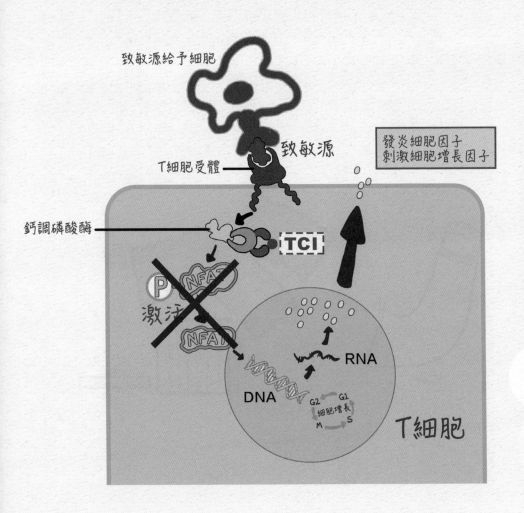

致敏源給予細胞

致敏源

T細胞受體

發炎細胞因子
刺激細胞增長因子

鈣調磷酸酶

TCI

P NFAT
激活

NFAT

RNA

DNA

G2 G1
細胞增長
M S

T細胞

TCI 的優點、強弱分別及使用

現時，Tacrolimus 獲得批准用於中度或嚴重小兒濕疹，Pimercrolimus 則用於輕度至中度情況。於美國，在外用類固醇的效果不好或不能使用的情況下，才可以使用 TCI。

TCI 不會有皮膚萎縮、變薄、膠原蛋白減少的問題。於較敏感位置於面部、摺位相對安全，可以減少整體外用類固醇的使用量，能令皮膚萎縮位置回復健康。[157]

理論上，Tacrolimus 0.03% 及 Pimercrolimus 1% 只建議用於超過兩歲的兒童，而 Tacrolimus 0.1% 只能用於大過 15 歲的人士。但多年來不同的研究已顯示，根據醫生評估適當地使用，不同強度的 TCI 用於不同年齡（甚至嬰兒）是一樣安全及有效的。[158-160]

如果**比較外用類固醇**的強弱來分別：

Tacrolimus 0.1% = 中至強度
Tacrolimus 0.03% = 兩者之間
Pimercrolimus 1% = 弱至中度
TCI 的使用方法亦很簡單，醫生根據患者年齡、發作部位，選擇不同 TCI。

TCI 常用的情況有：
- 外用類固醇對患處沒有治療效果
- 敏感部位（例如面、下體、皮膚摺位）
- 外用類固醇引起的皮膚萎縮狀況
- 長期重複需要使用藥物的部位

開始時候每天兩次塗於患處，預計於數星期內會有好轉，及後可以減少至每天一次直至患處回復健康。

如有需要選擇主動性預防治療，則可以每星期二至三次
用 TCI 塗於患處，避免發作。[161-163]

要注意的是，最初使用 TCI 的時候，常見會有灼熱刺激
或症狀加劇的問題，患者不要失望或放棄，只要持續使
用，或開始時加入數天外用類固醇，不適便會消失。

初用灼熱

原則上，如醫生察覺患處有感染的問題，無論外用類固醇或 TCI 都不應該使用。當用於預防性治療時，TCI 能減少金黃葡萄細菌在皮膚依附，長期來說亦不會有增加病毒感染的風險。[164]

156　Postep Derm Alergol 2013; XXX, 3: 165-169

157　J Am Acad Dermatol. 2014 July; 71(1): 116-132

158　J Allergy Clin Immunol. 2002; 110:277-284

159　J Dermatol Sci. 2009; 54:76-87

160　J Dermatolog Treat. 2010; 21:144-156

161　J Am Acad Dermatol. 2008; 58:990-999

162　Pediatrics. 2008; 122:e1210-e1218

163　J Eur Acad Dermatol Venereol. 2010; 24:1040-1046

164　J Am Acad Dermatol. 2005; 53:S195-S205

TCI 黑盒警告
(Black box warning)

自 2000 年面市到 2005 年間，可能因為上述種種好處及效果，及長期以來外用類固醇的惡名，TCI 的使用量直線上升，尤其是處方給少於兩歲的嬰兒患者（所謂 off label 使用），引起美國 FDA 兒科顧問委員會的關注。

委員會只根據 **口服** 鈣調磷酸酶抑制劑的器官移植患者及用於實驗的使用 25-50 倍 TCI 用量的動物數據，擔心正常使用 TCI 的患者也會有增加癌症或淋巴腫瘤的風險，又根據 TCI 使用者上報的數據（670 萬人裏只有 38 個案的癌症，實際上已比一般正常人口的癌症比例為少），於 2006 年強制製造商於產品説明上加入這個警告：[165]

「雖然因果關係未被證實，但有使用外用鈣調磷酸酶抑制劑的患者被確診有罕見的癌症（例如皮膚癌及淋巴腫瘤）」

正因為這個未被研究確認的警告，TCI 使用量大減八成。[166]

雖然很多專家及醫學組織批評 FDA 這個做法，但口講無憑，只好等待更多的數據及研究，去反映真實的情況。其後十年，陸陸續續有不少的大型研究向這個安全性問題作探討。

2015 年

- 美國賓夕法尼亞大學發表長達十年（2004-2014年）的追蹤研究，於 7,457 個小兒濕疹登記名冊（Paediatric Eczema Elective Registry）裏有使用外用 Pimercrolimus 的患者，有五個患有癌症（兩個血癌，兩個淋巴癌，一個骨癌，沒有皮膚癌），**比較起同年齡正常人口的患癌機會，沒有統計學上的分別。**[167]

- 德國明斯特大學整合了外用 Pimercrolimus 對使用於兩歲以下的嬰幼兒的安全數據。2002 至 2015 年間，有六個共超過四千名嬰幼兒的研究，除了證實其治療效果外，亦適合用作預防性治療。外用 Pimercrolimus 不會增加嬰幼兒感染的風險、不會降低其免疫力、及可以令使用外用類固醇的機會減少。文中又指出，五個合共超過 6,500,000 患者的流行病學研究，**沒有顯示外用 TCI 會增加淋巴癌**的風險。另外有三個不同研究，約有一百萬患者，**未有顯示使用後增加皮膚癌**的機會。[168、169]

- 澳洲新南威爾斯大學，用 23 個共約一百三十萬小兒濕疹或淋巴癌患者的數據分析，得出結論：
  1）小兒濕疹本身有可能增加淋巴癌風險。
  2）是使用強力類固醇與患癌機會有關，而不是使用外用 TCI。

3) 臨床診斷上，T 細胞皮膚淋巴癌或會與小兒濕疹
   表徵混淆（尤其是成人初發患者），醫生應警覺
   及作適當化驗才確診。[170]

- Cochrane Library 詳細分析有記錄以來外用
  Tacrolimus 的數據，於 20 個共約六千名患者的研究
  資料，顯示外用 Tacrolimus 適合治療中至嚴重程度
  的小兒濕疹患者，初用會有常見灼熱或痕癢感覺，長
  期使用不會引起皮膚變薄或增加感染風險，**而最重要
  的是沒有發現增加任何癌症的風險。**[171]

2016 年

- 新加坡國家皮膚中心收集自 2004-2012 年六萬六千
  多診斷或疑似小兒濕疹個案，分析他們多年來使用
  或不使用外用 TCI 的癌病發病（880 例）比較。於
  16 歲以下組別，使用內外用 Tacrolimus 的 1,145
  患者中，有三個患上 B 細胞血腫瘤，而沒有使用的
  15,326 人中亦有三人患上，統計學上顯示有所關連。
  但因為 B 細胞血腫瘤基本發病率甚低，作者希望日後
  收集更多數據以證實其中關係。再者，若以整體六萬
  多個病人裏有 880 癌病案例計算，則外用 TCI，**不論
  Tacrolimus 或 Pimecrolimus，都沒有與其他癌病發
  病率有關係。**[172]
- 美國聖路易斯大學根據 21 個共五千八百多名 12 歲以

下患者的研究，發現外用 TCI 沒有比安慰劑額外的副作用，亦**沒有淋巴癌的案例**發生。建議外用 **TCI 應該作兒童小兒濕疹的日常維持性治療**，而外用類固醇則應作間斷性的發作時使用。[173]

- 在英國皮膚科醫生協會（BAD）給予使用外用 TCI 患者的單張中，除了肯定其治療效果及適用於預防性治療外，亦提到從過往大型的研究報告顯示，外用 TCI 不會增加淋巴癌或非黑色素瘤皮膚癌的風險。[174]

- 美國皮膚學會（AAD）亦在其網站上表示，根據各大研究累積數據，依照醫生指示下使用外用 TCI 屬於安全及有效，亦可以與外用類固醇反覆間斷使用，以減低各種藥物用量及副作用，又建議醫生處方外用 TCI 前與家長或患者溝通這個警告的意義。[175]

所以，與外用類固醇一樣，只要明白外用 TCI 藥性、治療效果、用法、用量，跟醫生指示適時加減，便可以安全控制及預防小兒濕疹發作。

外用 TCI

- 10 年經驗及研究證明可以安全使用
- 要遵從醫生指示用量及時間
- 與其他藥物交替使用
- 穩定減少症狀，預防發作
- 價錢有點貴

165　Pediatr Drugs (2013) 15:303-310

166　http://www.fda.gov/downloads/AdvisoryCommittees/ CommitteesMeetingMaterials/PediatricAdvisoryCommittee/UCM204723.pdf.

167　JAMA Dermatol. 2015;151(6):594-599

168　Pediatric Allergy and Immunology 26 (2015) 306-315

169　Pediatrics 135(4); 598 2015

170　J Am Acad Dermatol 2015;72:992-1002

171　Cochrane Database of Systematic Reviews 2015, Issue 7. Art. No.: CD009864

172　J of Dermatological Treatment, 2016, 27(6), 531-537

173　BMC Pediatrics (2016) 16:75

174　http://www.bad.org.uk/shared/get-file.ashx?id=155&itemtype=document

175　https://www.aad.org/practicecenter/quality/clinical-guidelines/atopic-dermatitis/topical-therapy/topical-calcineurin-inhibitors-recommendations

口服抗組織胺
(Antihistamine)

大家都知道，痕癢是小兒濕疹患者最困擾的症狀。

在基礎篇中，已經為大家講解了小兒濕疹中痕癢症狀的複雜性。至於常用的四種止痕處理手段，治療篇中亦詳細指出了怎樣安全使用保濕潤膚、外用類固醇及 鈣調磷酸酶抑制劑。

現在討論一下**口服抗組織胺**。

這類藥物主要是針對肥大細胞（mast cell）分泌的組織胺。理論上可以減少因組織胺引致的痕癢或連帶的風疹問題，及接觸致敏源 IgE 抗體後，引起肥大細胞的組織胺分泌的過敏反應。

由於小兒濕疹中的痕癢機制複雜，只有附有睡意鎮靜（sedative）效果的口服抗組織胺（如：chlorpheniramine maleate）有臨床幫助，減少痕癢帶來的失眠問題。而沒有睡意鎮靜效果（non-sedative）的口服抗組織胺（如：cetirizine），要用較高劑量（2 - 4 倍）才可以有改善小兒濕疹症狀。[176, 177]

因此，口服抗組織胺**只可輔助而絕不會成為單一治療**小
兒濕疹的手段。

口服抗組織胺其他的特點：
- 長期服用不會有特別的副作用（有其他疾病需要使用
  其他藥物除外）
- 大部份不用醫生處方（在香港），可以自行購買
- 有機會可以減少其他外用藥物的使用量

要注意的問題：[178]
- 長期連續使用，效果會漸漸下降（tachyphylaxis），
  有時需要定期轉換
- 如使用較高劑量（要跟醫生指示），可能會引起口乾
  眼矇心跳等副作用
- 若需要駕駛或工作有風險而需要高度集中精神的話，
  要份外小心服用

香港登記藥物名冊 MIMS 裏，口服抗組織胺藥物有多種
選擇：[179]

睡意鎮靜類
Brompheniramine maleate, Carbinoxamine maleate,
Chlorpheniramine maleate, Homochlorcyclizine,
Hydroxyzine, Triprolidine

非睡意鎮靜類
Bilastine, Cetirizine, Desloratadine, Fexofenadine,
Levocetirizine, Loratadine

大致上來說，非睡意鎮靜類效果較長，適合日間使用；
鎮靜類則效果較短，常用於晚間幫助睡眠。有時候，醫
生可能會加大次數、劑量及種類，以配合臨床需要。

如醫生處方或自行購買，要留意標籤裏面，很多時會混
合一種 pseudoephedrine 成份，是用來減少睡意的，此
成份或會引起頭痛、心律加速、亢奮、手震問題，應**盡
量避免**用於小兒濕疹患者。

口服抗組織胺

- 止痕作用有限
- 副作用少可長期服用
- 有可能減少其他藥物使用量
- 效果轉弱時要轉換
- 大部份不用處方

176　Arch Dermatol. 1999; 135:1522-5

177　Annals of allergy. 1993; 70:127-33

178　J Am Acad Dermatol. 2014 August; 71(2): 327-349

179　MIMS HK 2018 Iss 2, p317-321

內用類固醇
（口服或針劑）

前文提過，皮質類固醇是我們身體其中一種自然內分泌，用以調節免疫系統及處理壓力狀況。

臨床上，內用類固醇能快速改善小兒濕疹的各種症狀。但是因為效果短暫、亦有短期內反彈變得嚴重的問題、加上有短期及長期的不良副作用，**一般不被建議**用於控制小兒濕疹的病情上。[180]

例外的情況是：

- 病情突發嚴重蔓延，要開始使用其他如口服抑壓免疫藥物或紫外光治療，因效果需時，這時候內用類固醇是可以接受而又快速得到改善的過渡性治療方法。
- 患者有其他敏感疾病，例如哮喘病發時，便需要使用內用類固醇去控制病情。
- 一些不得不於短期內要病情或外觀好轉的事情：結婚、表演、拍紀念照、見工、重要社交活動等等。
- 當有多樣敏感或情況反覆的患者，去一些不容易找醫生的地區外遊，與主診醫生商量帶備一定份量的口服類固醇，有需要時服用，以便有緩衝時間找當地醫生治療。（但也要知道有感染症狀如發燒時不要服用）

個別情況！

經常使用內用
類固醇的潛在風險

血壓血糖升高、胃炎、體重上升、骨質疏鬆、白內障、
皮膚萎縮、抑壓腎上腺、情緒不穩，兒童會減慢增高，
容易受感染等等。

負責跟進的醫生需要從這些方向監察，作出適當檢查及
評估兒童發育進展，及加強預防傳染疾病的疫苗注射。
181, 182

常見內用類固醇

口服—— Dexamethasone, Prednisolone

針劑—— Dexamethasone, Hydrocortisone,
　　　　 Methylprednisolone, Triamcinolone

以消炎效果強度及維持時間來比較：[183]

Hydrocortisone	（x1）	8-12 小時
Prednisolone	（x4）	12-36 小時
Triamcinolone	（x5）	12-36 小時
Methylprednisolone	（x5）	12-36 小時
Dexamethasone	（x25）	36-54 小時

Hydrocortisone	Prednisone	Triamcinolone	Methylprednisolone	Dexamethasone
20 毫克	5 毫克	4 毫克	4 毫克	0.75 毫克

口服類固醇最常用的為 Prednisolone，一般開始以每千克 0.5-1 毫克（0.5-1mg/kg）為每日正常份量。**一定要遵從醫生指示**服用一段時間後，慢慢每數天減少份量直至完成療程。突然停止服用可能會引發內分泌失衡、血壓不穩及電解質不正常的危險狀況。亦要有心理準備，停藥後濕疹可能會突然變得比以前嚴重（rebound phenomenon）。

總括來説：如非必要，不要使用內用類固醇。

180　J Am Acad Dermatol. 2014 August ; 71 (2): 327-349

181　Allergy 2014; 69: 46-55

182　Curr Probl Dermatol. Basel, Karger, 2011, vol 41, pp 156-164

183　In Drug Facts and Comparisons. 5th ed. St. Louis, Facts and Comparisons，Inc.:122-128, 1997

主動性預防治療
（Proactive Treatment）

一直以來，治療小兒濕疹的歷史和研究，除了建議每天用上保濕產品滋潤保護皮膚外，都是以反應性治療（Reactive treatment）為主導，即是「有病才去醫」。

過去二十年，從對小兒濕疹病因病理深入的了解，專家開始意識到，有時候雖然臨床上皮膚有康復的時候，但引致發病的因素其實沒有消失，例如：

1）皮膚基因變異帶來的保護屏障缺陷
2）本身對外來致敏源的過敏反應
3）環境變化微生物加減的不穩定因素

再加上在顯微鏡下的切片病理研究中，發現就算皮膚表面看似康復，經常患病部位（如手腳摺位）仍是處於一個輕微的發炎的狀態，很容易受外在或內在原因便會引致發病。[184]

基因變異　　環境變化　　過敏反應！

因為上述發現，開始有專家倡議所謂主動預防性治療。即是明知道水瓶容易有裂紋滲漏的問題，便應該作預防性修補一樣。

1999-2010 年間，有十個不同形式的研究，用外用類固醇或 TCI 作主動性預防治療，發現在小兒濕疹活躍症狀得以控制後，**每星期二至三次的外用類固醇或 TCI 塗於經常性患處**的話，證實可以：

1) 減少小兒濕疹發作
2) 延長皮膚健康的日子
3) 減少發作時的嚴重症狀
4) 減少抗敏 IgE 抗體水平
5) 改善生活質素
6) 沒有增加副作用
7) **藥物的使用量比反應性治療大幅減少** [185, 186]

然而，對於很多患者或家長來說，長期連續使用藥物的觀念，仍然很有保留。但其實我們日常生活或醫療行為中，有不少是採取預防性治療的。最簡單的例子：我們每天會刷牙去避免蛀牙；哮喘兒童或成人每天定時用擴張氣管噴劑，避免病發呼吸困難；有人需要定期藥物控制血壓、血糖及血脂，為的便是減少中風、心臟病、腎病等嚴重問題等等。

想一想，皮膚是我們身體最大，亦很重要的器官，有需要的話，為甚麼不能每天使用藥物維持它的健康呢？

- 預防，總比爛面出水才治療更好
- 整體藥量會減少
- 皮膚健康穩定，自信心也回來了

184　Allergy 2009: 64: 276-278
185　BJD 2010 163, pp1116-1145
186　BJD 2011 164, pp415-428

減低皮膚細菌（金黃葡萄菌）、真菌數量（汗癬真菌）

有些情況，小兒濕疹患者是可以處於沒有感染，但因為細菌（金黃葡萄菌）、真菌增多，使病情反覆惡化。

超過九成的小兒濕疹患者皮膚都會有較多的**金黃葡萄菌**依附着，雖然未必會造成感染發炎，但細菌本身可以作為超級致敏源，誘發免疫 T 細胞反應，而它製造的生物膜（biofilm），亦會堵塞汗腺，誘發痕癢症狀。

如果主診醫生懷疑患者有上述問題，可以考慮用適量不會刺激的消毒藥水清潔，或每星期數次用稀釋漂白水（Sodium hypochlorite 0.005%）浸浴，減少皮膚帶菌量及感染引發嚴重濕疹問題。資源充份的話，亦可穿着帶有銀離子（Silver ion）的布料衣物，有減少細菌的作用。**沒有確切明顯細菌感染症狀的話，不要長期重複使用外用或口服抗生素。**

汗斑真菌（Malassezia furfur）也是一種已知容易令小兒濕疹患者致敏微生物，尤其是於頭頸部位發作較嚴重，或化驗出對酵母（yeast）敏感的患者。如有需要可用含有 ketoconazole 或 ciclopirox olamine 成份的清潔液作日常護理，減少皮膚上的真菌致敏源。[187]

- 減少細菌真菌不代表要經常洗擦皮膚
- 過份洗刷會引起損傷，誘發濕疹及令病菌滋生

187　http://www.euroderm.org/edf/index.php/edf-guidelines/category/5-guidelines-miscellaneous（Atopic eczema 2018）

避開致敏源

基礎篇中提到，小兒濕疹可以分為外因或內因性，其中主要區分是靠敏感測試的結果而定。檢測的結果，亦有助於找出真實的敏感源頭，理論上如果生活中能避免接觸致敏源的話，過敏的種種症狀：濕疹、鼻敏感、哮喘等，有機會得以舒緩，減少用藥量。

看到這裏，大家應該不再以為敏感是小兒濕疹的唯一成因，又或者認為避開致敏源已經是治療方案的全部。

致敏源中，大致可分為環境類及食物類。

若致敏源臨床上可判斷為屬實的話，日常生活中食物類別是比較容易避開的，環境類中，如非家中飼養寵物，遠離動物毛髮敏感亦不會十分困難。

最常見亦最難處理的，就是塵蟎敏感！

減少塵蟎的接觸，需要全方位去做，只是用防塵蟎的床品，不足夠對病情有幫助，因為塵蟎是可以由外邊帶入家居，而小兒濕疹患者的皮屑亦容易令塵蟎持續滋生。[188-190]

建議方法：[191]

1) 居住或工作空間長時間使用高效能防塵蟎空氣清新機

2) 使用具備減少塵蟎量的噴劑如 tannic acid, benzylbenzoate

3) 常處的地方要簡潔，經常吸塵（床褥也需要），定期清洗冷氣隔塵網

4) 室內清潔時盡量不要拍打，翻弄

5) 盡量減少雜物、布品傢俬、窗簾、毛毛公仔及避免新養有毛寵物

6) 床品只是拿去曬太陽是不足夠的，因為塵蟎屍體會留在裏面，最好是定期用高溫乾衣機殺死並抽走積藏的塵蟎

對有塵蟎敏感的小兒濕疹患者，有效持續減少周邊環境塵蟎量，對病情會有明顯幫助。[192-194]

188   BJD (1992) 127, 322-32
189   Am J Respir Crit Care Med Vol 166. pp 307-313, 2002
190   J Allergy Clin Immunol 2002;110:500-6
191   PQS/Client Instruction & Notices/D001 Allergy S. China Aug21, 2017
192   J Allergy Clin Immunol 1992;89:653-7
193   Lancet 1996;347:15-1
194   BJD82000; 143: 379±384

化學類致敏源

如果從貼膚測試中找到一些化學類的致敏源，例如香料、染料、防腐劑等，患者在選擇護膚品時，必須仔細看清楚列明成份才購買，避免使用時引發皮膚敏感及濕疹發作。可是在香港，沒有法例規定護膚用品要列出所有包含的成份，所以患者不要經常轉換護膚用品，或情況有不對頭的時候，諮詢醫生意見或作敏感測試。

在歐盟地區，有數據庫儲藏了不同護膚產品內的常見致敏源資料，得到許多大型品牌護膚品公司的配合，其下**產品的所有成份亦在數據庫中**。當醫生檢測出某患者對某一種成份過敏的話，便可即時從數據庫裏列出可用及不可用的產品，方便患者選擇購買。

希望日後香港政府及護膚品公司合作，建立相同的數據庫，造福患者。[195-197]

暫時化學類致敏源的敏感，是沒有脱敏治療可提供的。

- 記着要作正確敏感檢查
- 有需要才避開致敏源及戒口
- 習慣使用而沒有問題的潤膚產品，不應轉換

195   American J of contact dermatitis 2000 11 (4) 243-247
196   Int J of dermatology 2004 43 (4) 278-280
197   https://contactallergy.uzleuven.be

治療感染併發症
（醫生負責的哦！）

無論我們平常怎樣照顧好自己的身體也好，總會有患病或突發情況的時候。

小兒濕疹患者的皮膚也一樣，有時好地地也會突然變差。除了要審視恆常治療是否正確外，環境因素、致敏源接觸、種種壓力、情緒影響也要考慮在內。

另外，就是要考慮有沒有皮膚感染併發症發生。這個時候，必須要由醫生細心觀察、診斷並作出適當的治療（包括外用或口服抗病毒、抗生素、抗真菌藥物），患者千萬不要到藥房胡亂購買藥物使用。

病毒感染

疱疹型濕疹（Eczema herpeticum）——醫生要經常提高警覺這個可以致命的併發症。需要即時用口服抗病毒藥（Acyclovir, Valacyclovir, Famiclovir）或嚴重時入院作靜脈注射抗病毒藥治療。

軟疣型濕疹（Eczema Molluscatum）——傳染性高，不會致命，一般會自行痊癒，不用治療。若情況嚴重、數量多或影響眼耳口鼻功能位置的話，可以選擇外用藥 salicylic acid, tretinoin, cantharidin, podophyllotoxin, imiquimod, diclofenac, 口服 valacyclovir, cimetidine 或物理性治療：冷凍、刮匙、激光等去處理。

疣（Viral Warts）——主要用上述外用或物理性治療，但復發頗常見。

細菌感染

常見細菌感染有金黃葡萄菌及鏈球菌（其實很多致病細菌亦可以入侵），症狀有紅、腫、痛、出水、發熱或發燒。醫生根據感染部位的嚴重程度、臨床經驗，去選擇不同的外用或口服抗生素。有需要時作培養細菌測試，以選擇針對性的抗生素。患者要緊記要完成醫生建議的療程時間，避免細菌出現抗藥性。

真菌感染

真菌體癬、汗斑菌於小兒濕疹患者中較難察覺，除了臨床經驗及細心檢查外，亦可抽取皮屑樣本作真菌化驗。視乎影響範圍及嚴重程度，治療一般有外用 Ketoconazole, miconazole, clotrimazole, terbinafine, ciclopirox olamine 或口服 fluconazole, itraconazole 等藥物數個星期。[198]

不要胡亂塗藥或自行治療！

198　http://www.euroderm.org/edf/index.php/edf-guidelines/category/5-guidelines-miscellaneous (Atopic eczema 2018)

定期檢視治療進度 ¹⁹⁹

理論上，能配合以上種種治療的正確用法，大部份小兒濕疹患者應該有某程度上的改善，但臨床上，總會遇到治療進度未如預期般理想的時候。

這時醫生應該再次審視：

- 診斷正確性
- 對使用藥物有否敏感反應
- 不易察覺的感染
- 有否理解正確資訊及配合治療

未能配合治療的原因有：

- 藥物用完，種種原因未能及時補給
- 評估藥物使用量不足夠
- 擔心副作用或價錢問題，使用不足夠藥物
- 對藥物使用還未熟悉／害怕／不覺得需要
- 用藥物感覺不舒服／見效不快／副作用出現／症狀加劇
- 家長太忙，患者年紀太小，不能自行用藥
- 青少年患者感覺塗藥（油劑）不美觀

醫患一起查明原因、多加溝通、找出對策、調校藥物、
持之以恆,一定會有好結果的。

非主流療法

因小兒濕疹可以病情反覆、漫長;患者、家屬對治療及藥物的認識不足夠或有誤解;有時則是期望過高,好轉後再發作便馬上轉換治療的方法。非主流療法,是小兒濕疹患者常見抱有期望、願意嘗試的種類。

光是中醫藥治療,在一個香港小兒濕疹小孩的問卷調查裏,就有 30% 的在過去一年服用過中藥。[200]

如果包括其他另類治療用於皮膚炎症的話,西方國家有的數據:法國 49%、德國 46%、澳洲 48.5%、美國 34%、英國 46%、愛爾蘭 42.5%。

在非主流療法中,使用傳統中醫藥治療佔的比例較多,而其他的另類療法包括:自然療法、飲食療法、香薰療法、不同國家的草本療法、催眠治療、生物共振治療等等。[201-203]

這裏只會討論中醫藥治療及自然療法。

治癒

主流

200　J of dermatological treatment 2005; 16: 154-157
201　BJD 2003; 149: 566-571
202　Pediatric Dermatology 24 (2) 118-120, 2007
203　Clinics in Dermat (2010)28, 57-61

傳統中醫藥治療

通過觀察宇宙萬物，界定人體臟腑陰陽五
行金木水火土屬性，通過四診「望聞
問切」，對六邪「風寒暑濕燥火」
所引起的疾病，分析為「陰陽
寒熱表裏虛實」八綱，再用中
藥針灸推拿等手段，調理人體
內部，重返陰陽五行平衡狀態，
達致治病目的。

從中醫藥理論角度，小兒濕疹可歸
納為中醫的「濕瘡」和「斑疹」。可
分為：胎熱症、濕熱症、血燥症或風濕蘊膚、脾虛濕困、
血虛風燥。針對斷「證」，用中藥或不同手段去調理身體，
令病情好轉。[204]

的而且確，1992 年英國曾經有嚴謹的雙盲對照研究顯示
一條包含 10 種中藥的藥方（防風、委陵菜、威靈仙、
生地、白芍藥、淡竹葉、白癬皮、白蒺藜、甘草、荊芥）
對成人及兒童的小兒濕疹有改善功效。這條藥方亦被證
實能減少有 CD23 受體的 T 免疫細胞、IgE+CD23 結合
體、IL2 細胞因子受體、VACM 血管細胞粘着分子等，

證明可以從科學方法印證中醫藥的療效。[205-209]

有些可惜的是，1999 年在香港用這條藥方進行研究，未能收到同樣的效果。希望日後有機會能更加大型地重做一次。[210]

2007 年，香港中文大學兒科系為 85 名中至嚴重程度的小兒濕疹患者，進行中藥研究，用金銀花、薄荷、丹皮、蒼朮、黃柏製成特定比例份量的膠囊，讓患者服用三個月，雖然濕疹程度與對照組沒有統計上的分別，但結果顯示患者生活質素改善及使用外用類固醇的份量減少，成效最少維持一個月。[211, 212]

2011 年台灣中國醫藥大學中西合璧部門用「消風散」治療嚴重頑固小兒濕疹 71 病例，為期八星期。最後顯示皮疹、發紅、破損、痕癢、睡眠全部都從比對照組有明顯改善。[213]

對中醫藥理論有認識的人，會知道統計學上要進行中醫藥的臨床研究是很困難的。因為每個患者都是不同的「證」，針對每個個案的藥方，自然會有不一樣的加減配合，而每次複診時又可能會就着病情變化，使用不同的藥物調理，研究上很難滿足統計學上的規範原則，去印證某一條藥方或某一種中藥真實有效。所以很多中醫

藥的醫學期刊只能以案例或經驗分享去發表。

如果想找出不同的大型雙盲對照中藥研究去分析的話，一來報告會較少，二來研究方法因種種原因（按例挑選、病情界定、治療分別、統計方法等等）而不被接納，直至現時為止，仍然不能確認中醫藥治療為首要治療小兒濕疹的手段。[214-216]

另外，很多人以為中藥屬於純天然產物，比較安全放心。但其實某些中藥裏的毒性、草藥的相互反應、影響肝臟功能的副作用，或因監管困難或不足，以致可能有假藥夾雜的問題，成為潛在風險。比較安全的做法是服用一段時間（例如一兩個月）的中草藥後，應該作抽血檢查各主要器官功能是否正常，才繼續服用。[217-219]

中藥也有相沖，
副作用，毒性的

大家亦要注意，現時沒有研究顯示拔罐或針灸對小兒濕疹有明顯治療效果，因為這類治療有潛在創傷皮膚的風險，或反而因傷口感染誘發濕疹發作。[220]

最後，若患者或家長選擇使用中醫藥治療的話，亦請不要以此為單一治療方案，最起碼每天定期使用保濕潤膚產品，減少接觸致敏源，及備有外用的西藥藥膏，交替使用，長遠來說會有較穩定的效果，減少整體用藥量和潛在副作用。

中西合璧是可行的！

204 http://www.hkiim.cuhk.edu.hk/imc/tc/article/d/ 中醫西醫話濕疹，http://
　　 wp.3phk.com/cp-26102017/

205 BJD 1992;126:179

206 Lancet 1992;340(8810):13

207 BJD 1995 132(4)592

208 BJD 1997 136(1)54

209 Int Arch Allergy Immunol. 1996 Mar;109 (3): 243-9

210 Int J Dermatol 1999; 38: 387-392

211 BJD 2007 157, pp357-363

212 https://hk.news.appledaily.com/local/daily/article/20070803/7400997

213 Int Arch Allergy Immunol 2011;155:141-148

214 Chinese Medicine 2011, 6:17

215 J Am Acad Dermatol 2013;69:295-304

216 J of dermatological treatment 2017;28 (3): 246-250

217 Vet Human Toxicol 1995;37 (6): 562

218 Adverse Drug React. Toxcol. Rev. 1993; 12 (3): 147

219 The HK medical diary bulletin 2016; 21 (11) 5-7

220 https://topick.hket.com/article/1082150/ 小孩拔罐治濕疹 %20 被拔掉
　　 表皮求診

自然療法
(Homeopathy)

由 18 世紀一位德國醫生 Dr Samuel Hahnemann 發展出來，homeopathy 這個名稱由希臘字 omios（相近）和 pathos（感應）組合而成。

自然療法基於兩個信念：[221]

1）**相似法則**（law of similar）
疾病的症狀，可以用在健康的人身上能引發類似症狀的物質所治癒。

2）**無窮小定律**（law of infinitesimals）
合適的藥物，經過無限的稀釋後，其效果會無限增大。

這兩個法則或定律看似神奇，但其實從來未（亦很難想像）被證實。

1991 年荷蘭醫生 Dr J Kleijnen 嘗試分析 107 個自 1966 至 1990 年的自然療法研究，發現大部份研究的嚴謹程度不足夠，亦有很多發表上的偏頗，提供治療的人亦未能指出（藥物）用法的成份、強度和原理，最後只能勉強總結「自然療法可能有些效果」。[222]

直至現在，仍未有大型嚴謹的雙盲對照自然療法治療皮膚病的研究，只有小量的觀察報告或個案發表，但其中也有很多偏頗及研究方法上的問題。[223-225]

對於一些處於困難情況或絕望的病人來說，自然療法成為他們一個充當開導、情感支援的位置，而看似神奇的法則亦容易令患者抱有不真實希望（這正正是主流治療的資源架構難以給予的）。[226]

這些難以證實或反駁的道理，一些口耳相傳不知存在與否的成功案例，標榜純天然的治療，在沒有任何專業團體自我約束或法律的監管下，往往成為欺騙的溫床。如再加上建議患病的人，不需要傳統主流治療，後果可以很嚴重。

221　Dermatologic Therapy, Vol. 16, 2003, 93-97

222　BMJ 1991;302:316-23

223　Homeopathy (2012) 101, 21e27

224　Homeopathy (2012) 101, 13e20

225　Our Dermatol Online. 2012; 3 (3): 217-220

226　Arch Dermatol. 1997;133:316-321

第二線治療
（*Second line therapy*）

從這裏打後，各種治療的介紹，應當是於專科門診裏進行的，醫療團隊必須經過適當訓練，相應的設備或藥物亦需經過嚴格挑選，患者及家人亦要根據指示充份配合，治療期間定期審視患者進度、副作用或問題，亦必須作出應有的檢驗，以達致安全有效穩定的治療效果。

第二線治療包括：
濕敷治療（Wet Wrap Therapy）
脫敏治療（Allergy immunotherapy）
紫外線治療（UV Therapy）
口服抑制免疫系統藥物（Systemic Immunosuppressive Therapy）

濕敷治療
（Wet Wrap Therapy）

當病情嚴重，用過上述各種治療手段仍然頑固失控，治療團隊可以與患者及家長商量，使用濕敷治療（WWT）。

自 1980 年代開始，WWT 由英國專家及專科門診倡議和逐漸普及，其後歐洲不同國家亦開始相關的研究，證實其安全性及效果。[227, 228]

WWT 針對病情嚴重，症狀頑固的成人或兒童患者，於專科門診或住院治療，由受過訓練的治療團隊，每日一次至三次，為期 2 至 14 天，作以下處理：

1) 先把身體適當地清潔好，全身患處大量地塗上保濕潤膚用品

2) 由醫生決定當中是否需要混合有稀釋了的（1:10）強效外用類固醇

3) 用特別繃帶、敷料或特製衣物（如：Tubigrip，Tubifast，Tubegauz），緊貼地穿上四肢身體及加減於面部

4) 有時會於這層上面再噴上清水，加強保濕，涼快和止痕效果

5) 再用第二層相同的物料，乾爽地加穿在第一層的外面

6) 視乎病情、使用藥物及團隊決定，每天相同步驟重複一至兩次，由數天至兩星期不等。

1）用適當清潔液及暖水開心
愉快浸浴15至20分鐘

一）用暖水浸濕底層敷料衣物

2）浸浴後用毛巾印乾，及塗上大量保濕潤膚，加減藥膏

二）輕輕擠出敷料多餘水份

最後再穿上一層比較緊貼的乾爽衣物，
完成！

趁着皮膚有大量潤膚液時，
穿上浸濕的敷料衣物

這個方法的理念及原理：

1) 使發熱發炎的皮膚，迅速降溫涼快舒服下來

2) 避免皮膚水份過度揮發，短時間內為破損皮膚回復正常的濕度

3) 敷料令稀釋外用類固醇吸收更有效率，使濕疹患處加快康復

4) 敷料的保護，能避開環境致敏源接觸，亦使患者不能再抓傷皮膚

5) 重複練習使用後，家長或患者自己也可以在家中進行濕敷治療

涼快舒適

加快藥物吸收

回復濕度

隔開致敏源

常見的問題，則包括：

1) 迅速降溫，水份太高，令身體覺得寒冷

2) 敷料衣物太緊，不習慣而感覺不舒服

3) 有可能毛囊發炎的問題

4) 有些嚴重患處於特別位置，仍未能被敷料覆蓋

根據中文大學兒科韓錦倫教授的經驗，一般家長初學時都會覺得比較麻煩、論盡，很費時間，也擔心小孩「濕着瞓覺」會引起其他毛病。青少年患者則覺得外觀不好（似木乃伊）而拒絕使用。香港的熱帶潮濕氣候亦有機會令使用者份外覺得不舒服。加上這個治療需要為數不少的特製敷料，雖然有些能重複使用，但長遠來說價錢是一個很實際的考慮。[229]

2014 年美國科羅拉多大學發表研究報告，共 72 個嚴重小兒濕疹患者家庭，每天到專科門診進行五至十天的濕敷治療。其間有醫療團隊會與家長進行細心評估、設計治療方案、教導他們怎樣使用 WWT，完成數天的治療後絕大部份患者由嚴重轉為輕微症狀，效果有效最少一個月。[230]

總括來説，WWT 是一個針對嚴重情況有效快捷的手段，學懂以後不是要頻密地去做，但也要明白這不是一個永久的方法，長遠仍是需要一個有效的維持預防治療方案。

227　BJD 2006 154, pp579-585
228　JEADV 2006, 20, 1277-1286
229　J of Dermatological Treatment. 2007; 18: 301-305
230　J Allergy Clin Immunol Pract 2014;2:400-6

脱敏治療

（Allergy immunotherapy）

於 1911 年由英國醫生 Leonard Noon 及 John Freeman 提出和證實。他們定時把微量的花粉皮下注射於患有花粉症的病人，令到患者免疫系統對花粉發生耐受性（tolerance），於來臨的花粉季節敏感症狀大大減少。脱敏感治療亦是現時唯一能改變敏感患者病情的唯一方法。[231]

一般進行脱敏治療的方法有兩種：皮下注射或舌底服用

皮下注射——根據醫生指示，每天隔天或每星期一次，以逐漸遞增的份量，由受過訓練的醫護人員，把相關**合格認可的致敏源（歐美有嚴格指引）**注射於患者皮下，直到份量達致一定維持水平，然後每四至八星期注射維持份量一次，治療時間約三至五年。[232]

舌底服用——逐漸遞增至維持份量的時間較短，甚至不需要，可於家中根據指示自行服用，治療時間相若，或有可能需要更長，但容易使用，不用打針，嚴重反應亦少。

脫敏治療時間雖然長，整體費用亦龐大，但若然治療成功，效果有機會能有數年甚至八年的時間。[233]

成效臨床指標包括：減少病發程度、次數、時間；減少缺席工作或上學的日子；減少整體用藥量；減少醫療費用（長遠計）及增加個人或家庭生活質素。亦有一些實驗室化驗的指標，不能盡述。

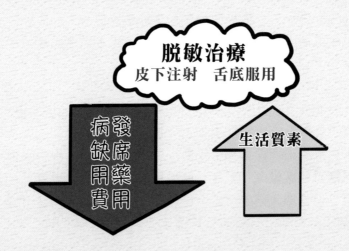

無論那種方法，開始脫敏治療期間都有可能誘發敏感病症發作，需要嚴密監察。因此如果患者連帶有不穩定的嚴重哮喘、心臟毛病或服用某類血壓藥的話，一般不被建議脫敏治療。

用於脫敏治療的致敏源，大部份是環境類：塵蟎、花粉、黴菌、動物皮屑等等。

要注意的是，很多研究或分析已經證明，針對鼻敏感、哮喘等敏感疾病，脫敏治療是得到確認的。[234]

但用於小兒濕疹患者當中還有一些爭議，現存較大的研究都是塵蟎的脫敏治療，雖然大部份都總結有明顯療效，尤其是 12 歲以下，或中至嚴重程度有塵蟎敏感的患者。[235, 236]

若然集合不同研究報告來分析（meta-analysis），發覺有些研究的方法不夠嚴謹、雙盲方法也不穩妥、放棄治療的人數也多、統計方法亦不妥善、或只是一些個案陳述，因此針對**塵蟎敏感的小兒濕疹患者，脫敏治療暫時未被認證確實**，還需有待日後更加大型嚴謹的雙盲安慰劑研究結果。[237]

然而，若資源充足，小兒濕疹患者考慮脫敏治療的情況有：
- 塵蟎敏感的患者，在配合治療足夠下仍有嚴重症狀；
- 對家中寵物皮屑有嚴重過敏，亦不選擇棄養；
- 對致敏源有危及生命的過敏症狀（嚴重哮喘、血壓下降、心跳過速），脫敏治療有助減輕突發嚴重症狀，令患者有緩衝時間尋求醫療協助。

希望政府能繼續投放資源增設一些專門處理敏感治療的門診（如：新建的兒童醫院），對日後研究及受惠者有莫大幫助。[238]

231　World Allergy Organ J. 2011 Jun; 4 (6): 104-106.
232　J Allergy Clin Immunol 2016;137:358-68
233　J Allergy Clin Immunol 2010;126:969-75
234　J Allergy Clin Immunol 2015;136:556-68
235　World Allergy Organization Journal (2016) 9:15
236　Yonsei Med J 2016 Mar;57 (2): 393-398
237　Cochrane Database of Systematic Reviews 2016, Issue 2. Art. No.: CD008774
238　https://topick.hket.com/article/2109647/ 濕疹兒童成年後失公院治療 %E3%80%80 瑪麗醫院設成人過敏診所填缺口

紫外線治療

使用光學於醫療範圍可以追溯至 1890 年。由 1925 年至現時，紫外線治療多數用於頑固及範圍廣泛的牛皮癬患者。

於 70 年代有醫生發現，病情頑固的小兒濕疹患者於陽光普照的季節會好轉。1978 年，美國哈佛大學發表 15 位由 9 至 63 歲的嚴重患者，接受紫外線治療（UVA 射線加口服 Psoralen，PUVA）而取得成功，雖然他們需要的治療次數比牛皮癬患者多，而好轉的時間亦比牛皮癬患者短，但對當時來說，是治療嚴重小兒濕疹的一個重要發現。[239]

四十年過去，不少研究亦證明了紫外線對成人或兒童小兒濕疹患者的治療作用。治療紫外線中，取決於其波長可分為：UVA（320-400nm），UVB（290-320nm）。其中較安全的 UVA1（340-400nm）及窄光譜 UVB（311-313nm）比較常用。[240, 241]

2007 年有比較過九個合乎水準的紫外光治療的研究報告，指出中能量（50J/cm2）UVA1 比較合適於急性嚴重小兒濕疹患者，而窄光譜 UVB 則對慢性嚴重情況較為合適。UVA1 的見效時間為數星期（約十次後），而完成後效果只能維持兩至三個月，所以一定要選擇合適的保養性治療（藥物或 UVB）作為後續處理。[242]

用紫外線治療小兒濕疹患者，沒有公認的標準。不同的皮膚專科中心使用的儀器會有分別（不同製造商或不同波長），治療的能量次數或會有所不同，醫生團隊一般會根據資料牛皮癬患者的參數，又以臨床經驗和心得去調校。

決定用任何紫外線治療前，要有嚴格的準則：

1）若正確使用保濕潤膚、外用類固醇及 TCI 後，仍未能得到控制（即是作為二線治療），亦未準備好服用口服抗免疫系統藥

2）如合適可考慮作為一些慢性小兒濕疹患者的保養治療

3）必須有受過訓練的團隊操作及監察使用

4）需要考慮使用者的皮膚類型、其他皮膚病變、正在服用藥物（如對光敏感藥物）、治療時間（因為通常需要每星期數次，共幾十次的治療）及經濟負擔能力（視乎國家或保險保障）[243]

進行紫外線治療前，醫護人員及患者亦需要知道潛在的副作用及風險，包括：

1) 對皮膚的光傷害，局部返紅腫、疼痛、灼熱、痕癢或刺痛；

2) 多次使用，長遠可能會有，但不常見的問題，例如：黑斑、光敏感皮疹、毛囊發炎、指甲變形、誘發疱疹、面毛增多、白內障或皮膚癌變。

要知道有沒有正在服用光敏感藥物可參考註釋：[244-246]

239　Br J Dermatol. 1978; 98:25-30

240　Pediatric Dermatology Vol. 13 No. 5 406-409, 1996

241　Clinical and Experimental Dermatology, 31, 196-199

242　Photodermatol Photoimmunol Photomed 2007; 23: 106-112

243　J Am Acad Dermatol. 2014 August ; 71(2): 327-349

244　Acta Dermatovenerol Croat 2016;24 (1):55-64

245　http://www.webstercare.com.au/files/Continuing_Education_March_2015.pdf

246　Clinics in Dermatology. 34 (5):571-81, 2016 Sep-Oct

口服調節免疫系統藥物
(Systemic Immunomodulation Therapy)

這類藥物用於一些慢性發炎非感染疾病，皮膚專科中，通常用來治療水泡性皮膚病（Blistering disease）、肉芽腫病變（Granulomatous disease）、牛皮癬（銀屑病）等。主要減少因身體免疫系統問題而引起器官發炎的種種症狀及改善病情。

何時使用
小兒濕疹患者，若已充足配合，用適當清潔、保濕、外用或口服藥物、完成敏感測試、避開致敏源、加減濕敷或紫外光治療等後，情況仍然有相當嚴重；或濕疹症狀對患者造成相當困擾的生理、心理或社交生活影響，便需要開始使用調節免疫系統藥物。

醫生會根據患者年齡、病情、背景、以往治療效果等因素，去選擇不同的調節免疫系統藥物。

每種藥物會有不同的副作用要留意，事前必須檢查有沒有一些隱性傳染病如肺結核、愛滋病、肝炎及定期需要檢測的血液或身體狀況指標。原則是病情好轉後，便會逐漸遞減藥量，直至病情能維持穩定，而其他的外用品和藥物亦必須繼續使用。[247]

使用調節免疫系統藥物，不能同時進行紫外線治療。

常用於小兒濕疹患者的調節免疫系統藥有四種：
Cyclosporine（環孢素）
Azathioprine（硫唑嘌呤）
Methotrexate（氨甲喋呤）
Mycophenolate mofetil（霉酚酸酯 / 麥考酚嗎乙酯）

Cyclosporine（環孢素）

70 年代被發現能抑制 T 細胞及 IL2 細胞因子製造，原本用來防止器官移植病人排斥問題，1991 年首次用於頑固嚴重小兒濕疹患者。（多用於急性發作）。

初期用藥量為每日每千克體重 3-6 毫克（3-6mg/kg/day）分兩劑服用，大部份患者於二至六星期內，濕疹面積、發炎症狀、痕癢、睡眠得到明顯改善。

病情控制滿意後，醫生會逐漸減少藥量，甚至停用，而以其他外用或口服藥物維持皮膚健康。一般使用期為數個月至一年，視乎情況需要有所加減。

複診的期間，醫療團隊會為患者每二至四星期定期檢查：血壓、小便、全血圖、腎肝功能、血脂、鎂、鉀、尿酸；及其他副作用例如：各種感染、手震、體毛增多、頭痛、牙肉腫脹及檢查淋巴核和皮膚有否癌症病變。有需要亦會檢查 Cyclosporine 在血液裏的份量高低。

患者亦應接受醫生建議，定期作預防疾病疫苗注射。

另外要注意的是，Cyclosporine 與很多藥物都有不同相互反應，影響雙方療效。如身體有多種問題，需要服用不同藥物，一定要通知醫生以作適當處理。[248, 249]

Azathioprine（硫唑嘌呤）

能抑制 DNA 製造，有效減少高速增長的發炎 B 及 T 細胞。常用於類風濕關節炎或避免腎臟移植患者排斥器官，亦會用於頑固小兒濕疹患者上。（慢性嚴重病例）初期用藥量為每日每千克體重 1- 4 毫克（1 - 4mg/kg/day）一次服用，開始時可能會納悶作嘔，患者症狀預計於十二星期內明顯改善。

病情控制滿意後，醫生會逐漸減少藥量，甚至停用，而以其他外用或口服藥物維持皮膚健康。

複診的期間，醫療團隊會為患者每二至四星期定期檢查：全血圖、腎肝功能、體內分解 Azathioprine 的酵素 thiopurine methyltransferase（TPMT）；及其他副作用例如：頭痛、過敏、肝酵素升高、白血球減少及檢查淋巴核和皮膚有否癌症病變。

TPMT 的高低和全血圖結果對用藥量的調校非常重要。

Methotrexate（氨甲喋呤）

屬於抵抗葉酸（folate）代謝物，阻礙 DNA 及 RNA 製造，減低 T 細胞功能。用於治療牛皮癬皮膚淋巴癌。有時會被建議於小兒濕疹病情嚴重下使用。（長者較多）。**有慢性氣管疾病的患者，不可服用。**

初期用藥量為**每星期** 7.5 -25 毫克（兒童每千克 0.2 至 0.7 毫克）一次或分三次相隔 12 小時服用，同時要每日有葉酸補充劑。開始時可能會納悶作嘔，患者症狀預計於十星期內明顯改善。假若劑量每星期大過 15 毫克，而三四個月內沒有任何進展，不應繼續使用。

病情控制滿意後，醫生會逐漸減少藥量，甚至停用，而以其他外用或口服藥物維持皮膚健康。

複診的期間，醫療團隊會為患者每一至二星期定期檢查：全血圖、腎肝功能、肺功能、肺 X 光；及其他副作用例如：抑制骨髓、肺部或肝臟纖維化、及檢查淋巴核和皮膚有否癌症病變。若總用量達到 3.5-4 克，要作詳細肝臟檢查（包括肝組織檢驗）。

Mycophenolate mofetil （霉酚酸酯 / 麥考酚嗎乙酯）

抑制細胞內的 Purine（嘌呤）製造，影響 B 細胞及 T 細胞運作，用於預防身體排斥移植器官。有需要時亦被考慮用於頑固小兒濕疹患者上。

初期用藥量為每日 0.5-3 克（兒童每千克 30 至 50 毫克）分兩次服用。開始時可能會納悶作嘔，預計一個月見效，而且有可能維持較長時間。

病情控制滿意後，醫生會逐漸減少藥量，甚至停用，而以其他外用或口服藥物維持皮膚健康。

複診的期間，醫療團隊會為患者每二至四星期定期檢查：全血圖、腎肝功能；及其他副作用例如：頭痛、怠倦、尿道症狀、及檢查淋巴核和皮膚有否癌症病變。[250-253]

- 方法總比困難多
- 了解自身狀況
- 醫護良好溝通
- 樂觀積極面對
- 好日子便會來臨！

247　J Am Acad Dermatol. 2014 August ; 71 (2): 327-349

248　Clin Pharmacokinet. 1996 Feb;30 (2):141-79.

249　https://cdn.intechopen.com/pdfs/59531.pdf (2018)

250　Allergy 2014; 69: 46-55

251　Curr Probl Dermatol. Basel, Karger, 2011, vol 41, pp 156-164

252　Drugs 2009; 69 (3): 297-306

253　Acta Derm Venereol 2007; 87: 100-111

懷孕期的
安全皮膚藥物

懷孕期間，準媽媽皮膚會較易乾燥及痕癢，如果本身有濕疹問題便更加容易發作。最重要是多使用保濕潤膚產品，便可以滋潤皮膚減少問題。

但現實是只用保濕潤膚產品，有時並不能足夠治療患有小兒濕疹的孕婦，某程度上是需要一定的藥物去保持皮膚健康，避免併發症。

可是大家都知道，懷孕準媽媽是最緊張害怕用藥的一群，有皮膚問題但又不敢使用任何藥物，以免影響胎兒，致使患處變得特別嚴重而寢食不安。有的甚至連任何護膚用品也不敢用，無謂的戒口，症狀嚴重也想着要死撐過去，懷孕時應有的快樂期待，也只變成痛苦回憶。

患者及家人應該有一個共識，便是胎兒固然要緊，但首要仍是媽媽的身心皮膚健康得到妥善處理，寶寶才可以於母體內開心快活正常成長。

其實美國食品及藥物管理局（FDA）已把所有登記藥物分類作「懷孕安全指標」（Pregnancy Safety Index），A及B級屬可安全使用；C及D級醫生需評估使用的好處與風險；表示未有數據；X級則屬不宜使用。當然準媽媽如有任何問題，應先詢問家庭或婦產科醫生，看看是否需要進一步轉介到有相關資歷或經驗醫生作適當治療。

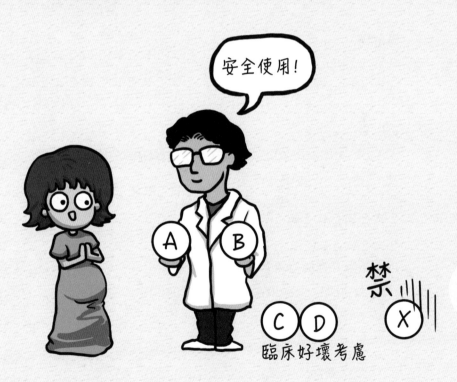

為方便讀者或醫護參考，以下列出常用而又安全的分類
皮膚藥物 [254-257]

止痛類
Acetaminophen/Paracetamol
Codeine（低劑量）
Ibuprofen（低劑量及避免後三月使用）

麻醉劑
Lidocaine, Lidocaine（含 epinephrine）
Lidocaine-prilocaine

抗生素
外　用 Bacitracin, Clindamycin, Metronidazole,
Mupirocin, Neomycin, Polymyxin B
口　服 Penicillins, Cephalosporins, Erythromycin,
Azithromycin（已知過敏除外）

抗真菌藥（穿胎水後禁止使用於陰道）
外用 Ciclopirox, Ketoconazole, Nystatin, Terbinafine
外用 Clotrimazole, Miconazole（避免前三月使用）
口服 Terbinafine（如必需）

止癢抗組織胺（Antihistamine）（預料早產前兩星期禁用）
Chlorpheniramine, Cyproheptadine, Diphenhydramine,
Fexofenadine, Loratadine, Levocetirizine,
Cetirizine, Hydroxyzine（避免前三月使用）

外用鈣調磷酸酶抑制劑（屬 C 級，孕婦數據有限）
Tacromlimus
Pimercrolimus

治療疥瘡
外用 Crotamiton, Permethrin, Precipitated sulfur

抗疱疹（嚴重感染）
Acyclovir, Famciclovir, Valacyclovir

類固醇
口服（避免高劑量於前三月）
外用（避免高劑量）

暗瘡藥
外　用 Benzoyl peroxide, Azelaic acid, Clindamycin,
Erythromycin

外用牛皮癬藥（屬 C 級）
Calcipotriene
Anthralin

紫外光治療
UVB（小心過熱及加強補充葉酸）

口服調節免疫系統藥物
Cyclosporine（屬 C 級，但很多研究證實不會影響胎兒）

生物製劑（屬 B 級，但初生嬰兒不要注射減活疫苗）
Infliximab
Etanercept
Adalimumab

- 準媽媽不需過份緊張
- 不要胡亂戒口
- 媽媽好，胎兒才會好
- 有問題是不需要死忍的！

254　Dermatol Clin 24 (2006) 167-197
255　J Am Acad Dermatol 2013;68:663-71
256　J Am Acad Dermatol June 2014 1135
257　Clinical Obs and Gyn 2015(58)1: 112-118

其他的研發中藥物 [258]

Interferon Gamma，免疫蛋白靜脈注射（IVIG），生物製劑：Anti CD 20. Anti IL4, 5, 6, 12, 13, 23, 31Anti IgE, Anti TNF α （還有很多……）。

值得留意的新藥有以下幾種：

外用油劑 Crisaborole —— 新一種非類固醇類外用藥，抑制 phosphodiesterase 4（PDE4）。早晚使用 28 天，能減少濕疹及痕癢症狀，連續使用 48 週沒有特別副作用。[259]

口服 Tofacitinib citrate —— Janus kinase 抑制劑，治療類風濕關節炎用。六位嚴重病患使用二至六個月，各種症狀大為減少，外用製劑正研發中。[260]

皮下注射 Dupilumab —— IL4, IL13 抗體。於 4 至 12 星期的測試中，每週一次皮下注射，有快速明顯改善濕疹及痕癢、外用類固醇使用量減少、濕疹生物指數亦下降。常見副作用有頭痛及鼻咽炎。[261]

科學研究日新月異，未來總有新希望！

258　Curr Opin Allergy Clin Immunol 2015, 15:446-452

259　J Am Acad Dermatol 2016;75:494-503, J Am Acad Dermatol 2017;77:641-49

260　J Am Acad Dermatol 2015;73:395-9

261　N Engl J Med 2014;371:130-9

流程回顧 262，263

各位認真看完本書的話，可能要點時間消化。這裏用簡單的圖表，再顯示醫生處理懷疑小兒濕疹的時候，應有的處理流程：

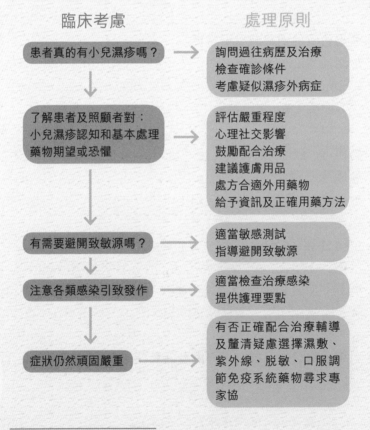

臨床考慮　　　　　　　　處理原則

患者真的有小兒濕疹嗎？ → 詢問過往病歷及治療
檢查確診條件
考慮疑似濕疹外病症

了解患者及照顧者對：
小兒濕疹認知和基本處理
藥物期望或恐懼 → 評估嚴重程度
心理社交影響
鼓勵配合治療
建議護膚用品
處方合適外用藥物
給予資訊及正確用藥方法

有需要避開致敏源嗎？ → 適當敏感測試
指導避開致敏源

注意各類感染引致發作 → 適當檢查治療感染
提供護理要點

症狀仍然頑固嚴重 → 有否正確配合治療輔導
及釐清疑慮選擇濕敷、
紫外線、脫敏、口服調
節免疫系統藥物尋求專
家協

262　J Allergy Clin Immunol: In Practice 2013;1:142-51
263　Ann Allergy Asthma Immunol 120 (2018) 23-33

患者／家人
——十四個故事分享

為讀者有更清晰的體會，本書邀請了十四位患者或家人的經歷分享，及主診醫生的回應。在此先作衷心感謝！

文中主要環繞不同印象難忘深刻的經歷、給予其他患者及家庭的建議、對醫護人員的感想或其他種種。

為求真實，分享會盡量以寄來時的原來模式展示給大家，其中只會作適當修改。

個案 1

程度：輕度		症狀開始：自小
首次來診：9 歲		現時：15 歲
文：母親		

● ■ SMC HK　LTE　　　下午7:45　　　※ 68% ▮

< ████████████　　　□◁　　╲

最後上線於今天 下午6:50

下午3:49 ✓

讓我和阿女先想想有沒有些深刻或值得分享的內容。
下午11:18

1月26日 週五

Thx for considering 🙏 下午1:23 ✓

1月28日 週日

同阿女傾過，特別的經歷和故事就無什麼，只係因她一直常常在戶外運動，經常流汗較多，所以濕疹一直只小就困擾她多年，她忍耐力唔好，常常用手划痕，濕疹一直難痊癒，亦有時影響到她的精神集中，辛苦了好多年，不過後來在██醫生治療下，她的濕疹病情得以改善好多了！
下午7:56

Thx a lot 下午8:57 ✓

主診醫生回應

自從有一次有醫生認為她是牛皮癬，給予成人牛皮癬口服藥，差點出事後，**她們對皮膚的起伏都有所警覺，會盡早求醫及處理**。平時症狀不算嚴重，每次發作大都是戶外活動頻繁引起，夾雜有一些感染，適時處理後通常康復很快，所以從來不會有很嚴重的問題，濕疹也不會蔓延。進入青春期後，皮膚油脂分泌增加保護，基本上已沒有甚麼問題，但面上也開始有青春痘的煩惱了。

正路

個案 2

	程度：輕至中	症狀開始：2-3 月個大
男	首次來診：八個月大	現時：3 歲
	文：母親	

As a first time mom, there was already a lot to adjust to. So realizing that my child has eczema at 2-3 months old and seeing his rashes ooze with puss and blood really added to the stress. It was also very frustrating because **I was desperately looking for a cure** but did not have a definite answer. **Well-intentioned relatives and friends shared a lot of anecdotal remedies and we tried them all.** Golden-and-silver honeysuckle, distilled vinegar, slab sugar... none of them worked.

Instead of playing with my son, we spent so much time trying different methods. Worse still, our effort did not seem to pay off as he never fully recovered, and it made me mentally and physically exhausted. I was also ridden with guilt because I believed that an antidote was out there and it was up to me to find it. I unknowingly gave myself a lot of pressure, and it was only later that **I realized I had to change my mindset in** order to outrun this long race with eczema.

One of the biggest and constant struggle I had was whether I should apply steroids and other medicated ointment chronically. It was obvious that when the eczema flared, I had to use steroids to suppress it. But once the condition was under control, I did not want to continue applying other ointment because I was afraid of the side effects. There was a period when I stopped applying ointment and only relied on several natural herbal products. However, my son's condition worsened after a few weeks of switching to the new regime, and the eczema became even more extensive. This incident led us to have a more in-depth talk with our doctor, and it was then **that I finally understood the importance of using medicine—if we fail to keep his eczema under control, it will affect his chances of full recovery when he reaches middle childhood.** Most importantly, I learned that it can take over years before my son has a chance of full recovery, so I must set realistic expectations and keep the eczema at bay until then. All this information dispelled a lot of my erroneous assumptions. I still use other natural products in parallel which is fine as long as **I do not** *use them to replace any medication. So far this new approach has been working well and my son's skin is much better. The thickened skin around his ankles would still flare up once in a while, but I understand that this is part of the process.*

主診醫生回應

就算患者家庭是親友，縱使患者家屬是醫生及高學歷，他們不一定一開始便會聽你枝「笛」的。

網上或社會裏太多一知半解，為了售賣產品及服務的誤導性的資料，包裝得非常美麗，利用「有機」、「天然」、「根治」等花巧字眼，令人充滿希望，然後再略為誇大藥物萬中無一的副作用，使很多患者家庭花大量時間金錢，去追逐一個不會成真的美夢。

作為醫生，有時反而是最難搞的病人或家長，要知道醫學生五年的訓練裏，僅僅只有一星期的皮膚學訓練（起碼是我的年代），對皮膚藥物（尤其是外用類固醇）所知極度有限，有時是過於恐懼，有時則是濫用得不靠譜，很難得到安全穩定的效果。

幸運的是，經過病情兜兜轉轉過後，最終都坐定定，認真聽聽主診醫生詳細解説一下，怎樣使用所需藥物，採取預防性（Proactive approach）的治療，避免病情反覆嚴重下去，期待患者進入青春期後，病情自動得以改善。

個案 3

	程度：輕至中度	症狀開始：嬰兒期
	首次來診：2 歲（真菌感染）	現時：5 歲
	文：母親	

兒子在嬰兒期已經有濕疹問題，特別難忘的是有一次因旅行租住了一間 Apartment，當中嬰兒床床單掀起了兒子濕疹的爆發，返港後他渾身也一片片的紅腫起來，我們如以往經驗為他塗上家庭醫生給予的類固醇藥膏，但不見效果。便透過 ＿＿ 醫生指示下，為他用一些去真菌用品去洗澡，再塗上合適藥膏及潤膚露，當其時兒子每一次洗澡時他也痛不欲生，大哭大叫起來，因敏感的皮膚非常之乾燥，以任何潤膚露塗抹也令到他產生極度痛的感覺，經過兩、三星期的療程，他才痊癒起來。

第二次敏感難忘經歷是因搬屋到九龍區，但因為空氣質素的改變，以產生空氣污染及塵蟎而引發第二次的濕疹問題，這次是在手及腳的位置，他亦因痕癢並抓損皮膚，醫生引導下，尋找致敏源及接受建議購買了空氣清新機，再為他塗上適合皮膚的藥膏，兒子的情況便慢慢好起來。

最重要是常常保濕，持之以恆，特別在乾燥天氣，為濕

疹兒子不時塗上潤膚露。外遊時，酒店的空氣會非常乾燥，可考慮自備迷你放濕機。濕疹情況總有時好時壞，因為環境或者天氣因素容易引發另一次的爆發，先找出原因，依醫生的指引用藥，定時以不含類固醇藥物塗於患處及保濕，以減少類固醇藥物的需要。

孩子剛過了五歲嘅生日，他的皮膚有很大的好轉，在農曆新年時，很多親戚朋友看見他的皮膚很光滑，常常滋潤皮膚真的好重要，還有孩子長大皮脂分泌比以前好，所以濕疹有好的改善。

記得每一次來醫務所，醫生會像查案一樣，引導我們思考是甚麼問題誘發濕疹。醫護也細心去了解小朋友皮膚的進展，用藥、保濕及生活的情況，有需要更會為他拍照記錄，已作跟進。

醫生更提示不要當孩子是實驗品，經常嘗試一些坊間聲稱能幫助到濕疹的物品，只會有機會引起濕疹皮膚更敏感，誘發皮膚濕疹更加嚴重。

主診醫生回應

每次病發或感染，濕疹患者皮膚都會變得異常敏感，用藥或日常護膚品都可能會變得刺激，**治療最初辛苦少少是常見的問題。**

所以**最重要都是預防**勝於治療：

1）平日多保濕，2）減少致敏源接觸，3）接受病情有起有伏，4）把握藥物用法用量，5）病向淺中醫，6）不要把孩子當做實驗品，7）及適當時候找醫生，孩子便會健康成長。

個案 4

程度：中度	症狀開始：2 歲
首次來診：6 歲	現時：10 歲
文：母親	

本人育有兩名女兒，她們年齡相距兩年，二人都是開心baby，但不幸地幼女於兩歲時開始有濕疹，起初以為是小事，帶女兒睇西醫，醫生給她一些醫治敏感藥膏，睇了好幾次這個家庭醫生後都未見有好轉。誰知還一發不可收拾!!用左一年時間中西合璧去醫，中醫話佢濕，脾胃弱，要飲中藥清體內毒素和每天需用草藥來沖涼，每次浸20分鐘，一定要比佢發晒出來!西醫就話免疫系統出現問題，食物敏感等等......一定要食藥和搽類固醇制止它!每次見到女兒因痕癢而失控地抓自己皮膚，弄致全身抓損流血，心痛不已!街外小朋友每次見到我女兒樣子，就會當佢係怪物，因女兒全面都是濕疹和有傷口，而那些路人甲更會用奇怪眼光望住我話:都唔知點做人媽媽，弄到個女這樣子!事問誰人知我心痛到希望有濕疹的是自己，並非係個女!!之後，幸運地經朋友介紹了█████醫生給我，我亦抱住一試之心，帶女兒去見他，他一見到我女兒，只用平常語氣了解她的情況，似是平常，但其實佢好用心和關心的真情令我女兒與他訴說一齊濕疹苦況，作為母親的我，我聽到女兒親口講:點解要我有濕疹?當時，我真的眼淚在心裏流，我覺得辛苦了她!但她依然積極和勇敢面對，每當有人話佢好可憐或怪責我照顧不夠時，她都會用微笑和充滿希望的神情向那人講:我只係有濕疹，唔會傳染比人，好快會好!而我媽媽亦已好用心照顧我!我聽到都覺得她很叻，不但明白事理，更能感受到我對她的愛去保護番我!到今日，我女兒已近乎百份百痊癒，只係會在天氣急轉變時會有少少。所以，有濕疹的你不用灰心，病發和醫治經過是痛苦，但總會痊癒!

主診醫生回應

很深刻的印象是，她們一家來的時候診所總是充滿笑聲，**樂天的性格及融洽的家庭關係**很重要。

治療前最要緊是清楚知道以前的各種不同處理方法，明白各人感受，從而開始梳理一下各種各樣對皮膚問題的混亂錯誤資訊，講解**簡單但要有恆心**的護理治療程序。藥物的用法她們也掌握得很好，短期內改善亦明顯，只是夏天汗大和冬天乾燥發作明顯，加上發作時容易有真菌細菌感染，現時約每半年至一年需要看一次，主要加強藥物調教正確用法。

最記得有一次發作是在夏天，因為學校解釋完環保理念後，堅持不開冷氣，最後熱到冇覺好瞓，汗流浹背，濕疹爆發。而她們在診所講出來時，仍是嘻嘻哈哈笑的！

個案 5

	程度：嚴重	症狀開始：一個月大
	首次來診：四個月大	現時：兩歲半
	文：母親	

還記得小兒剛出生時，頭泥比較多及硬，由於當時醫生和護士表示這些都是正常現象，大多於一個月後便會逐漸減退，所以我當時也沒有特別理會。大約過了一個半月後，頭泥的情況沒有好轉，手腳及臉開始有乾燥的情況，皮膚也變得很紅，當時我有詢問護士的意見，只要多用潤膚膏保濕，情況應該有好轉。直至過了三個月後，皮膚乾燥及變紅的情況也變得越來越嚴重，有甩皮和流血的情況，小兒的情緒很差也睡得不好，於是我開始尋找醫生。

小兒第一次看醫生時已是四個月，醫生表示情況都頗嚴重，要康復也要一段時間，說明病情後，就處方了洗澡用的藥及藥膏。經過五六次治療後，小兒的皮膚變得光滑。直至到了現在，皮膚也保持得好好，只有間歇性的乾燥。

大多數人都會顧慮小朋友用類固醇的藥膏會身體有副作用或會依賴，當然我初初也有這個擔憂，所以一直希望

小兒皮膚會不藥而癒。但事實如果不尋求治療，只會加重病情，當時醫生也表示為何那麼遲才看醫生？如果早一點治療，小朋友就不需要受那麼多苦，何況醫生一定會根據病人的情況，處方適當份量的藥膏。另外，醫生亦吩咐我不要亂試偏方，要勤換床鋪、衣物及留意有否食物敏感，所以對醫生有信任是重要的。

主診醫生回應

BB 來診時很嚴重，面部和身上大面積紅腫脫皮龜裂，**是常見的初生嬰兒脂溢性皮膚炎（頭泥）蔓延至身上，理論上未可界定為小兒濕疹**，加上曾經用過外用類固醇，令真菌更加增多發作更厲害。

治療上主要用上滋潤及減少真菌的沖涼液、油性潤膚膏、非類固醇藥膏及口服抗敏藥，因**年紀太小用藥上要從輕入手**，效果會較慢，治療初期亦有機會變得嚴重。

可幸得到家長充份信任，六星期後真菌大致清除，便可以安全用稀釋的外用類固醇塗上全身患處，好轉後再減少用藥次數維持穩定，基本上三個月內皮膚九成康復，做回白白胖胖的靚 BB，**餘下只剩低輕微的濕疹症狀**，再解釋沖涼潤膚的選擇，不同藥物的用途、用法、用量，配備適當用量的藥物後已經不需經常複診。

個案 6

程度：嚴重	症狀開始：出生
首次來診：8 歲	現時：10 歲
文：母親	

細仔出世的時候，面、頭，手腳等地方已長滿紅疹，痕癢不堪，身體不停扭動，要用毛巾包實身體使他無法抓損，醫生都說他患濕疹，護理上都是保濕，若發炎就加入類固醇去治療，每次塗上後雖然減退但不久又復發而且一次又一次更為嚴重，看見他每晚都睡得不好，癢得不停發脾氣。
2016那年，因為仔仔的濕疹不斷發炎出水嚴重到我也不知怎樣去處理了，當時做了敏感檢驗，報告顯示食物沒有敏感但對塵蟎、貓狗毛就有敏感反應，於是從家居着手清潔，但是也未能得到有效改善，此外，用了醫生處方的漂白水去浸浴加上類固醇藥膏也未能有好嘅效果。雖然我不信中醫，但我也希望一試，因為我知道長期用類固醇都不是辦法，所以想一試中藥，身邊的朋友亦推介很多中醫師，看了一年多其實也是反反覆覆，但是出水的情況減少了，本身也想放棄，但後來轉了一位中醫師來自█████ 我們要去到香港仔診所覆診，雖然路途遙遠，但我堅持希望再試，看了第一次後，皮膚出水的地方有結痂現象，雖然仍有痕癢但已減少了很多，然而還未穩定但我相信情況已好轉很多，心情上也放鬆了不少。 綜合而言，我覺得家人的照顧和諒解對濕疹小孩的影響深遠。因為濕疹小孩每天活在痕癢當中，他們不明白怎樣去護理皮膚，只顧不停地去抓，抓到出血及痛時才會停止，有些家人只會責罵但沒有協助正確使用藥物，對小孩子心理造成嚴重影響，如何與他們一起面對濕疹才是重要。
上午11:48

257

主診醫生回應

孩子出生後數個月來過，只是普通的初生嬰兒脂溢性皮炎，很快已好轉。

轉眼間來的時候已是八歲，還有明顯的廣泛小兒濕疹症狀及輕微真菌感染。看過家庭醫生數次，被處方不同外用類固醇，可能加上口腔扁桃腺有事影響睡眠，身體狀態不好，又有真菌感染令情況逐漸惡化。

因媽媽是醫護人員，心想溝通上應該沒有問題，這次診症給了幾種建議及治療方案：
1) 外用含 Ciclopirox 成份的清潔液減少真菌感染
2) 作 IgE 敏感測試（發現是貓狗塵蟎過敏）
3) 先停外用類固醇，只用口服止痕藥及外用鈣調磷酸酶抑制劑
4) 備用外用類固醇，發病急時才使用
5) 轉介他到母親工作又有兒童皮膚科的醫院

兩個月後，母親求救，患處變得更廣泛、嚴重、出水。
仔細詢問下：
1) Ciclopirox 清潔液因感覺冰冷（因有薄荷成份），很早已停用
2) 傢具只作一般清潔
3) 沒有服用止痕藥，外用鈣調磷酸酶抑制劑，只間中塗傷口位置！

4） 外用類固醇，這種情況仍未使用
5） 排期兩年

所以基本上，過去兩個月，小朋友是沒有好好治療過的。

有時醫護人員本身對藥物的誤解或恐懼而選擇不使用的情況，往往超出一般市民的程度。身為主診醫生，亦犯了未有好好溝通、解釋用法的錯誤。

重新出發，由頭再解釋一遍，強調要正確放心使用藥物，再加上外用抗生素藥膏處理發炎部份，情況逐漸好轉。可幸後來亦遇到一位「夾」他的中醫師，現在中西治療間段使用，亦未嘗不是一個安全的好辦法。

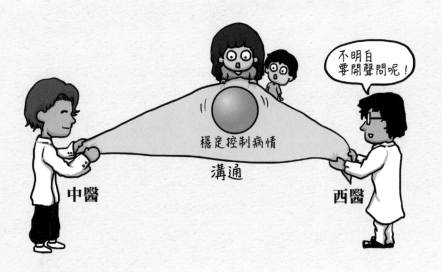

個案 7

	程度：嚴重	症狀開始：出生
男	首次來診：16 歲	現時：18 歲
	文：母親	

兒子自出生起已有濕疹，自小看皮膚專科。由於擔心他塗皮膚專科醫生的類固醇藥會有副作用，我們還帶他看中醫（但他不喜歡中藥的味道，只好放棄）、驗血（以檢測他對甚麼敏感，但他對很多的食物及環境敏感，真的避無可避），吃或塗任何朋友推薦的配方。

有一年暑假帶他外遊，買了朋友介紹的飲用草藥（自然療法）隨行。他飲用後皮膚狀態變得更差，朋友說這證明此藥有效，因此藥要「先發再收」的。於是，我便讓他繼續飲用。但他全身痕癢、無法入睡，皮膚抓破的面積越來越大，甚至出水。終於，「捱」到旅程結束，回到香港看皮膚專科，結果要用更多及更強的類固醇來治好。

建議其他患者及家庭，嘗試朋友推薦的配方前，請諮詢患者的主治醫生。否則，患者可能要塗更多及更強的類固醇。

請醫護人員盡量用簡單的藥來治療。我兒子之前的醫生**每次處方很多藥塗不同的部位。我兒子覺得麻煩亦會亂塗。**

醫生一定覺得患者有需要才處方類固醇的。我兒子今年18歲，身高約1.8米。只要乖乖跟着醫生處方的藥吃及塗，他現在的皮膚狀態是可受控制。是一位帥哥呢！！

主診醫生回應

「帥哥」最初來的時候不算太帥，雖然已很聽話的每幾個月到專科醫生處複診：拿三種潤膚、五種藥膏、兩款口服藥，問他用法用量時，就好像他預備中的DSE考試：「猶豫中見混亂」。

針對青少年的治療，太複雜的配搭是不會有好結果的，再加上以往錯誤驗了所謂IgG的敏感測試，不能避開正確致敏源（後來證實為塵蟎嚴重敏感，食物類亦有一些），家中空有彩虹吸塵機，但房間中的冷氣機、枕頭被鋪、布座椅、雜物（青少年的房間！）未有妥善處理，溫習時長期置於大量塵蟎的空間，加上考試壓力，不嚴重才怪！

初次治療時，除了清除身上的真菌及細菌感染外，**主要把護膚用品、外用藥膏及口服藥都簡化成一種，次數簡化為一至兩次**，暫停類固醇類藥物，簡單解釋每類藥物的特點及用途，及正確清理房間！

聰明的年輕人很好地跟着指示做，兩星期後已明顯好轉，再解釋他需要的是預防的方案（Proactive），要定期穩定用藥（可以不用類固醇），不是嚴重發作才開始治療，逐漸皮膚問題控制上變得慢慢駕輕就熟，只有不時局部的輕微發作，現在只需要每四五個月來看一次，或只需要配備藥物而已，真的如他母親所說，現在是帥哥一名呢！

個案 8

	程度：嚴重	症狀開始：自小
	首次來診：26 歲	現時：38 歲

I have been suffering from eczema and skin inflammation problem since childhood. This has disrupted my daily and social life until now.

I feel very frustrated and depressing whenever I have rashes on my face, neck and all over the body due to the change of weather, dust mite, pollen or some other unknown reasons which would trigger allergic reactions. The redness usually starts showing up on the face, lips, chin and neck which could turn out to be very dry, itchy and patchy. I have to use medicated cream with steroid and take antihistamine to relieve my discomfort and improve my sleep. Sometimes I have to take a high dosage of antihistamine if my skin conditions deteriorate and go out of control.

Apparently there is no solution to cure my skin problem completely. However, I would do everything possible to minimise the chance of triggering an allergic reaction and to prevent the conditions from getting worse. My Dermatologist has given me some advice to manage this. I wash my bedding very often and use the anti-dust mite mattress and pillow protectors. Try wearing cotton and loose fit clothing instead of wool and tight fitting clothes. Apply lotion and moisturizer frequently on dry and itchy skin. Use warm water instead of hot water when showering.

I would like to take this opportunity to thank Dr ███ for his professional advice over the past 10 years. My skin problem has improved tremendously. He helped make a huge difference to me introducing varies approaches on how I should deal with my complicated history of eczema.

Sent from my iPad

主診醫生回應

看見性格樂觀的年輕人受皮膚問題折磨，心裏尤其不好受的。

較多的環境致敏源敏感很難令 Sandra（化名）的症狀完全改善，治療的定案亦是從預防性（Proactive）入手，簡單的護膚程序、定期的口服抗敏藥、教導怎樣使用適量的外用藥膏，把症狀控制到最少影響生活程度，每兩三個月複診，亦只是配備藥物或治療有感染的地方。

幾年後她組織家庭想生小孩，有些擔心，但我告訴她只需要**調校一些懷孕期可以安心使用的藥物**保持懷孕期的皮膚健康，是不會有任何問題的。最後她順利生了一個靚寶寶呢！

現在她移居到一個很少污染的地方，知道她生活得好好，我也十分高興。

懷孕期安全藥物

個案 9

程度：嚴重	症狀開始：多年
首次來診：42 歲	現時：47 歲

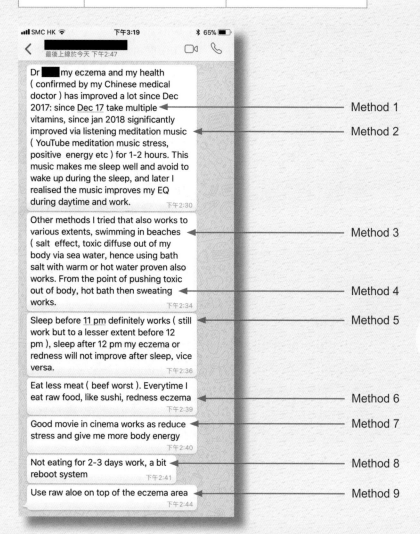

ıll SMC HK 下午3:19 ∗ 65%

最後上線於今天 下午2:47

Dr ▇ my eczema and my health (confirmed by my Chinese medical doctor) has improved a lot since Dec 2017: since Dec 17 take multiple vitamins, since jan 2018 significantly improved via listening meditation music (YouTube meditation music stress, positive energy etc) for 1-2 hours. This music makes me sleep well and avoid to wake up during the sleep, and later I realised the music improves my EQ during daytime and work.　下午2:30

── Method 1
── Method 2

Other methods I tried that also works to various extents, swimming in beaches (salt effect, toxic diffuse out of my body via sea water, hence using bath salt with warm or hot water proven also works. From the point of pushing toxic out of body, hot bath then sweating works.　下午2:34

── Method 3
── Method 4

Sleep before 11 pm definitely works (still work but to a lesser extent before 12 pm), sleep after 12 pm my eczema or redness will not improve after sleep, vice versa.　下午2:36

── Method 5

Eat less meat (beef worst). Everytime I eat raw food, like sushi, redness eczema　下午2:39

── Method 6

Good movie in cinema works as reduce stress and give me more body energy　下午2:40

── Method 7

Not eating for 2-3 days work, a bit reboot system　下午2:41

── Method 8

Use raw aloe on top of the eczema area　下午2:44

── Method 9

265

主診醫生回應

Mr. C is a nice educated gentleman with a stressful work. He was first seen in hospital setting 5 years ago. He had quite severe generalized eczema complicated with fungal infection. IgE allergy test showed that he was highly allergic to dust mites, mildly to dog, cat and apple. Appropriate treatment and general advice of allergen avoidance was given. Then he lost follow up for one year.

For the past few years, he only came for consultation when his condition was very severe with various complications. As we can see from his sharing message (I really appreciate that), **he only tried different sorts of unconventional means** to help (which any effects will not last long). He did not even willing to apply regular moisturizer.

The biggest problem for him is those rigid ideas (common in adult that suffer so many years of failed treatment) of skin problem are related to toxin, energy flow, 'medicines are no good and should be avoid as much as possible' ... etc. which hindering him from accepting safe effective treatment. I hope he will finally realize that in the future.

個案 10

	程度：嚴重	症狀開始：自小
	首次來診：34 歲	現時：35 歲

昨天

從小開始便有皮膚敏感的我，那敏感的情況間中就會出現。但隨著慢慢長大，濕疹的情況就愈來愈嚴重。這問題都令自己在情緒上感到很困擾，因為濕疹都出現在身上不同的地方，甚至是面部，那感覺是極度辛苦又無助，又痕癢，又痛楚，長時期都處於不適的感覺。那時候自己更常常望著其他人的臉，不期然會想出自己的皮膚為甚麼會這樣。當時的我並沒有奢求完美的肌膚，唯一的希望就只想得到痊癒，亦因為濕疹問題，自己也嘗試過無數的方法去醫治。現在濕疹都有能夠控制的時候，但自己都要小心保護，希望病情能穩定下來。

下午8:38

主診醫生回應

從事幼兒教育的陳小姐自開始工作後濕疹日益嚴重，亦帶來工作上的不便。

第一次診症時，她正在服用多種健康產品，面部和身體亦用上多種不同護膚品，曾經試過自然療法，亦做過不正確的敏感測試。以往只有嚴重的時候，才去看西醫，用一段短時間的藥物舒緩症狀。

診症中，用了相當長的時間，去解釋皮膚問題的病理原因，不要用太多護膚品，治療上要先清除感染部份，加上非類固醇類口服和外用藥，及抽血作 IgE 敏感測試（貼膚測試未做）。

治療初期其實已有明顯改善，但是**她自己很快把藥物停用了**。

敏感結果沒有任何致敏源 IgE 升高，顯示她是屬於內因性（Intrinsic type）的小兒濕疹。

溝通間，她表示非常**不願意長期定時用藥物預防發病，因為會顯得自己是一個「長期病患者」**。

雖然她有繼續用完餘下藥物，但又停止複診了，半年後又再度嚴重發病來診。就算講到口水乾涸，她仍不接受定時用藥的預防方案以正常生活。

遺憾的是，從她的分享看來，似乎大部份時候都未能控制穩定病情。

而那個「沒有奢求完美肌膚，只想得到痊癒，（但不願意用藥物治療）」的希望，難以實現。

個案 11

	程度：嚴重	症狀開始：半歲
	首次來診：三個月大（脂溢性皮炎）	現時：10 歲
	文：父親	

「斷尾」可能會是父母心中的最大願望，太美麗所以令人着迷。坊間有五花八門的治療方案，欺世盜名、誤人子弟的大有人在。

我想給濕疹患者父母的忠告是要有準備這是一場長久的耐力戰，而且必需要及早對正下藥，以及過程中病情必然會有反覆。現今社會資訊發達，正確和誤導的都容易得到，低潮時決定容易被影響。

小兒濕疹影響的不單是皮膚，小朋友身體、情緒跟心理都會受到影響。 紅疹出現時身體痕癢，專注力肯定會降低；紅疹又影響睡眠，情緒必然差；童言無忌，同學的無心快語都會對孩子做成莫大的傷害。我見過有人因為顧慮西藥的負作用，可任讓孩子濕疹發作，期望濕疹會自然痊癒 （所謂的「藕」返好） 。最後孩子在校內經常搔癢而被同學排斥。

照顧小兒濕疹最重要的是家長先要認清楚疾病的本質。認清真正令患者敏感的源頭，只避開真正的致敏源。過份的避忌對生理和心理都做成巨大的壓力！

現時一般醫療都能做到不需太大的費用、副作用非常輕微、不影響患者正常生活的護理。甚至之前坊間認為不可能的運動，如到公共泳池（怕漂白水敏感），大量流汗的運動、郊外行山，其實都是有可能的！

主診醫生回應

小男孩六歲以前其實問題不大，多數只是輕微病發，尤其是參加畫畫班以後。不幸地往後三年母親**篤信自然療法**，濕疹得不到適當治療，日漸變得嚴重，亦令各種致敏源有機會加重他的過敏，其後更有鼻敏感問題（過敏演進）影響睡眠，影響學習進度，多次嚴重到不能返學，甚至出現情緒問題及暴力行為，社工亦要跟進。

此時父母才警覺不可這樣下去，雖然母親仍未放棄尋求「斷尾」方法，但亦願意配合醫生治療指示，一個月後已經有大幅改善，睡眠充足，學校活動正常。

現時皮膚問題主要由父親負責（雖然母親仍然不想用藥），過去半年多數只需隔晚用藥已經穩定到病情，亦很少需要類固醇藥物，可以到處遊山玩水。期望兩三年後，開始發育，油脂分泌增多自動保護皮膚，用藥量可以進一步減少。

但是改善情緒問題及家中各人的關係，仍然是一條漫漫長路，在此祝福他們。

273

個案 12

	程度：非常嚴重	症狀開始：10 歲
男	首次來診：22 歲	現時：25 歲

濕疹這個病自我小學三年級初次浮現，起初只是出現在我的小腿位置，但隨住年歲漸長，過敏反應亦越發嚴重。自小學開始求醫，但病況沒有改善，後來患處不痛不癢亦沒有多加理會。

但踏入青春期時，身體開始產生變化，皮膚過敏的情況開始越發嚴重，我亦開始使用類固醇去控制病情，嚴重時更會去診所注射類固醇針劑。於青春期發病，使我的心情亦受到極大影響，甚至會選擇請假來逃避上學，人亦變得沒有自信，害怕別人的奇異目光。病情亦隨着天氣、壓力等因素，一直反反覆覆。後來我接觸到一種戒斷類固醇的治療方法，可是事與願違，皮膚過敏的情況更為嚴重，而且在再使用類固醇時，病情亦不再受控，甚至影響到我日常工作。後來經朋友介紹下，轉折找到 ■ 醫生。原來多年來的濕疹使我的**皮膚充滿真菌**，令到我的患處傷口會隆起，且越來越難癒合。■ 醫生先用藥把真菌清除，雖然過程十分痛苦，但皮膚亦回復平坦，其後進行血液測示後，發現我對**多種環境致敏源及食物十分過敏**，在控制

與致敏源接觸，自己亦開始懂得管理自己的身體。最後在醫生的轉介下，我到公立皮膚診所一直複診至今，病情亦得以控制。

患者要按照醫生指示服用藥物，我曾經相信是藥三分毒，害怕長期服藥所引致對身體的損害，然而作為一個長期病患者，要接受自己有病就得治，對抗濕疹的路是漫長的，要調整心態，明白在醫生指示下的藥物控制是必要的，病情才會得以改善。

皮膚病除了影響患者的身之外，還影響患者的心情，希望患者的家人可以多體諒。**我非常幸運，有一位會體諒我的母親**，在我人生中的低潮一直陪着我，即使在使用除真菌藥時，身體情況十分反覆，亦慶幸有母親的照顧，使我能全力與病魔對抗。

首先感謝 ■ 醫生提供很多意見，使我現今的病情得以控制。除了處方藥物外，■ 醫生亦會要求我帶平日服用之藥物讓他查看，亦藉此理解我過去的藥歷，亦會根據我的情況加減藥量，他明白病人對長期服藥有一定抗拒，會在病情好轉時修改劑量，使患者有毅力繼續對抗濕疹。

主診醫生回應

年輕人來的時候，全身皮膚可以用一個「爛」字來形容，多年的不正確使用類固醇令他全身體佈滿真菌及細菌感染。雖然即時開始的口服抗真菌細菌治療，但皮膚實在廣泛爛得嚴重，傷口出水及發冷，即時決定轉介他到公立醫院入院治療。轉介入院的另一個目的，是希望能令他有較快的排期時間到政府皮膚科治療，**減輕長遠經濟負擔**。

他出院後來複診告之，公立醫院轉介皮膚專科排期幸運地由通常的 18 個月縮短至三個月。治療方向繼續預防有真菌細菌感染之餘，開始**教導他怎樣適當使用類固醇及抗敏藥物**，例如把醫院給予的超強類固醇稀釋 10 倍使用。

正式的過敏測試顯示，他對非常多的環境（塵蟎及貓毛）及食物致敏源過敏（除了蔬果、魚及雞外），飲食可以控制，但家中有老貓的問題不能即時解決。

後來專科診所的醫生看到他那驚人的敏感報告及症狀，**亦即時建議他服用口服調節免疫系統藥物治療，服用此類藥物需要定期抽血檢查**，如非在公營機構，費用不是一般市民可以負擔。

他的情況終於得到大大改善，間中來複診亦只是給他皮膚護理的建議，看看專科門診給予的藥膏作調校，及配備非類固醇類外用藥主要於面部使用。

真的很高興他現在能擁有正常生活、工作能力及社交活動的樂趣。

個案 13

	程度：非常嚴重	症狀開始：自小
女	首次來診：16 歲	現時：16 歲

ᵁⁱˡˡ SMC HK 🛜　　　下午3:59　　　🔋

‹　　⬤ ███　最後上線於今天 下午3:49　　　◻️◼

我從出生後便有濕疹，這個病可說是伴著我成長。當中最痛苦的莫過於皮膚的痕癢，使人徹夜難眠。此外，身上大大小小的傷口發紅發熱，又會黏著衣服，令人感到很不舒服。作為一個女生，白滑的肌膚是大家都想擁有的。可是，身上的抓痕、傷口和疤痕經常令我感到自卑。穿著短袖襯衫和短褲也成了一個遙不可及的夢。

在這些日子裏，我和家人都有嘗試過很多方法，可惜成效也不太顯著。我們都知道，濕疹是一個不能完全根治的病。讀書和朋輩所帶來的壓力更使我情況越來越差。最差的時期大約是在2017年尾開始，由於中學文憑試和合唱團的緊密練習，使我透不過氣來，覺得人生十分灰暗。我還記得情況最嚴重的時候，全身幾乎找不到完好的皮膚。洗澡時更因滿身傷口而感到痛苦不已。然而，為了短暫消除煩人的痕癢，我一次又一次不掙氣的再次抓傷剛愈合的傷口，使情況倍況愈下。

當時也曾試過中醫治療，飲用極苦的中藥和戒口，連我最喜愛的牛肉和海鮮都不能吃，但成效也不大顯著。

就在這時我人生出現了一道曙光，媽媽帶我去找她的舊朋友 ── ███醫生，他除了給我診治和藥物，最重要的是教導我怎樣服用我手上從公立醫院取回來的藥物，及做了敏感測試後才知道自己的致敏原，我再也不需要盲目戒口，他給我的指導使我獲益良多，根據他的專業和科學方法，我的病情大大好轉了。雖然偶然仍會發作和皮膚痕癢，但也能及時控制病情。

幸好，這段艱辛的道路沿途也有很多醫生幫助我。現在，我的傷口快痊瘉了，濕疹情況也得以控制。請允許我在這裏誠心感謝協助過自己的███醫生和醫護人員。沒有他們，也許我到現在還在那個死胡同裏徘徊呢！

最後，希望同樣被皮膚病所困擾的朋友們不要放棄，和我一樣努力撐過去，只要有決心和聽從醫生所安排的治療方法，情況一定會有好轉的！

下午8:00

主診醫生回應

很高興 Bobo（化名）媽媽沒有忘記舊朋友，因為當時 Bobo 已經在很危險的邊緣。

不是指她的身體狀況，而是那種心力交瘁、絕望的感覺隨時會令人放棄一切。

難受的症狀、對外觀的介懷、考試壓力、社交活動的影響、難有享受食物的奢望、徹夜難眠……不是一般人可以理解。

其實 Bobo 一直有在醫院專科門診跟進，當她媽媽給我現有的藥物名單時，覺得很奇怪，因為是比一般小兒濕疹患者的藥物更加充足的！連帶比較昂貴的外用鈣調磷酸酶抑制劑也有不少。

診症中詳細詢問，發覺其實問題所在：
- 從來沒有醫護人員有時間解釋用藥方法，全家也對藥物有所猶豫
- 這麼多年也沒有被建議做過任何敏感測試，胡亂戒口
- 對小兒濕疹這個病症的處理沒有實際明確期望目標，感覺茫然
- 真菌感染沒有被察覺

實際上我要做的也不算多，只是花時間解釋每一種藥物的用法，預期效果或問題，和何時可以開始適量減少藥物，定下目標（希望每三天用一次藥物便可足夠控制濕疹）。

敏感測試顯示，需要避開塵蟎動物毛髮，而她喜愛的食物全部可吃呢！

另外，還要寫信給她體育老師，游泳堂後給她多些時間沖涼及用保濕用品（原本只有一分鐘！）。

現在她情況已大大好轉，亦有信心有能力控制濕疹，而不是被濕疹控制。在此希望她來年公開考試取得好成績！

個案 14

	程度：非常嚴重	症狀開始：幾年
男	首次來診：6 歲	現時：10 歲
	文：母親	

回想小兒患上濕疹的日子，最難忘是他滿身傷口不能自己走路，我們需要用嬰兒車接送他上學，連最基本的洗澡對他來說也是一場酷刑！

這段日子嚴重影響日常生活和社交，變得自卑。小朋友最喜歡參加生日會，但他選擇不參加，因為怕別人問起他的濕疹，看見他的傷痕。作為父母當然很心痛，我們嘗試不同的治療方法，例如：飲中藥，戒口，針灸，口服西藥，外用藥膏和自然療法等。可是病情反反覆覆，不能減低復發濕疹。

正當近乎絕望的時候，我們抱着繼續嘗試的心態，就帶小兒去看另一位西醫。有別於其他醫生，他很詳細了解仔仔的日常和過往使用的藥物和療法。初次診症的情境仍歷歷在目，醫生說：「我會盡力醫治囝囝的濕疹，也會治療你，希望你一家人可以過回正常的生活。」令人很感動的一番話，過去承受巨大的壓力和自責，這一刻真的想大聲喊出來，釋放內心的疲累，無助和絕望。終

於得到上天的憐憫，我們遇上一個不單會藥物治療，還會心靈治療的醫生。

於是我和仔仔一起努力去配合醫生的治療，這段漫長的路上，醫生和護士就像是我們的戰友，並肩作戰。他們不但提供專業的治療知識，更是我們的心靈雞湯。

昔日囝囝個子矮小瘦弱，自卑得不敢抬頭走路。今天的他是一個強壯高大的好孩子，每天健康地上學學習，享受沖涼的樂趣。去年他獨自跟隨老師到外地參加音樂比賽，他把自己照顧得好好。

藉此向濕疹患者及家人分享，辦法總比困難多，不要放棄，共勉之。

感覺自豪的自畫像

主診醫生回應

家中有嚴重小兒濕疹的孩子，家長的壓力（多數是母親）不可小覷。

第一次見面，他就像一隻瘦弱的小猴子，眼神充滿疲倦和害怕，瑟縮坐着，母親那種無助、憔悴、焦慮、內疚的神情，現在還清楚記得。

不知道皮膚問題的病因病理，太雜亂無章的療法，沒有預期改善的焦慮，對治療的誤解和恐懼，未有控制病情的合理期望，及欠缺長期維護皮膚健康的意識等等，都會影響日後的配合。

如初次**診症能就着這幾方面討論清楚，可以建立堅定的互信關係**，對日後治療有大大的幫助。其實最終目標，是一家人（不只是患者）能正常快樂地生活，**所以照顧者的困難也要考慮在內**。當大家有合理共識時，治療便變得簡單直接，餘下只是等藥物效果適當出現，病情得以逐漸緩解。

有驚無險的是，第一次**全身檢查**時，發現右下腹有腫痛點，不小心的話會以為只是淋巴核脹大，卻原來是正在發炎的小腸氣，立刻轉介外科醫生，手術順利，完全康

復！所以奉勸各位醫科學生，不要盡信醫學院教的「一人一病症」（One man one disease）！

後來亦有一次，病情得到控制好一段時間，症狀突然變得有點不對勁，母親醒目地立即帶他來求診，原來之前曾接觸過有唇瘡小孩，而患上疱疹型濕疹（Eczema herpeticum），幸而及早發覺治療，否則可能會併發腦炎。

現在，正如他母親所說，是一個能照顧好自己的大孩子，上次在外國音樂比賽，還有一幅正在吃五碟甜品的相片給我呢！

結語

人體很奇妙，真不知生命怎樣從單細胞生物，進化到如此複雜的結構。我們的器官各司其職，每天也很忙碌地工作，為身體達致健康平衡狀態。

人有時會病，是因為先天、後天、環境因素結合，令身體一個或多個器官受影響，失去均衡狀態，便會有各種症狀、不舒服而患病。

皮膚是少數我們每天可以看着看着的器官，看着正常似乎是理所當然，又或者覺得它無所事事。但大家要知道其實皮膚 24 小時在保護我們的身體，不停運作地處理它的大小事務，皮光肉滑不是必然。

有人會因先天、後天、環境因素的問題，使皮膚功能減弱或反應不良引起各種症狀，影響外觀、生理心理、社交活動、睡眠質素、日常正常運作。

小兒濕疹（或稱「異位性皮炎」），正正就是多樣性成因，引致生活多方面層面受到影響的困擾病症。小兒濕

疹病情有輕有重、有長有短、用藥量亦可加可減、反應
亦可不一樣。如果沒有理解病情或詳細的溝通，網絡世
界又有太多參差不準的資訊，很容易會變得混亂迷惘，
失去希望。

科學家、研究人員、醫生不斷地探索、找尋每種疾病的
原因及解決方法，包括小兒濕疹。

現時我們對小兒濕疹的病因病理有較全面的認知，醫療
人員對解決和控制的方法亦有相當的共識。最重要是醫
患好好地溝通、保持合理的期望、臨床靈活變化、配合
治療，正常健康快樂的個人及家庭生活，不是難事。

聲明

編寫本書的過程中，作者已盡可能將最新及準確的資料包括在內。然而醫學知識及技術可以一日千里，書內資料未必能反映最新情況。而且臨床診斷及治療，需要因應個別病人的情況而有所不同，讀者有相關問題應先向家庭醫生查詢。任何可能因使用本書的內容而引起的問題，本書作者及出版社不需負上任何責任。

作者版稅將捐作慈善用途。

www.cosmosbooks.com.hk

書　　名	家有小兒濕疹
作　　者	謝梓華
插　　圖	Yan Lee
責任編輯	郭坤輝
美術編輯	郭志民
出　　版	天地圖書有限公司
	香港皇后大道東109-115號
	智群商業中心15字樓（總寫字樓）
	電話：2528 3671　傳真：2865 2609
	香港灣仔莊士敦道30號地庫 / 1樓（門市部）
	電話：2865 0708　傳真：2861 1541
印　　刷	美雅印刷製本有限公司
	九龍觀塘榮業街6號海濱工業大廈4字樓A座
	電話：2342 0109　傳真：2790 3614
發　　行	香港聯合書刊物流有限公司
	香港新界大埔汀麗路36號中華商務印刷大廈3字樓
	電話：2150 2100　傳真：2407 3062
出版日期	2019年3月 / 初版